河出文庫

ふる

西加奈子

JN210857

河出書房新社

目次

ふる

2011年　12月19日

個人タクシーの雨ですよ、と、運転手が言った。

池井《いけい》戸《ど》花《か》しすは、咄嗟《とっさ》に窓の外を見てみたが、雨は降っておらず、え、と聞き返すときには、運転席と助手席の間にあるスペースから、一〇〇円ショップに売っていそうな安いバスケットが差し出されていた。山盛りの飴《あめ》だ。

「どうぞー。」

運転手の手はむくむくと丸く、酒に酔ったように赤かった。

ありがとぉ、と声をかけてひとつ取ると、白い包み紙にアニメ風のタクシーの絵、タクシーの上には、「あんしん」という文字が書いてある。

ん

し

ん

あ

こんな風に、空から降ってくるように、書いてある。

しばらくそれを撫《な》でながら、ちらりと運転手のプレートを見ると「新田《にった》人生《じんせい》」、写真の顔は、手と同じように丸く、でも、赤くはなかった。若く太った女の太ももを、そのまま頭部に持ってきたような顔だった。

現実の新田人生は、花しすが乗ってから、一度もこちらを振りかえっていない。運転席に、ぎゅうぎゅうに詰めこまれている、といった風。アメリカ人だったら、彼を見て、シュークリームや箱などを使った、気の利いた譬《たと》えでもするのだろうか、でも花しすは日本人で、少し疲れているので、大きいなぁと、それだけ思う。

飴を口に入れると、何味か分からなかった。甘苦いというのか、キャンディーではなく飴やな、と思う味で、とにかく、花しすの予想を裏切るものだった。

「それ、何味か分からないでしょう。」

新田の少し甲高い声を聞きながら、花しすはふいに、どうして自分は今、ここにいるのだろう、と思った。不思議だった。車内には、花しすの聞き知った曲が流れていて、段々盛りあがってきているのだが、曲名が思い出せない。花しすはポケットに手を入れて、録音ボタンを押した。

「はい。分からないです。何味ですか。」

「なんだろうね、抹茶《まっちゃ》、黒糖、小豆《あずき》、なんせ、和風だね、和風。」

わふう、と声に出し、飴を噛《か》むと、

「あ！　噛んだ！　お客さん若いね！」

新田人生がはしゃいだ。

「若いですか。」

花しすは28歳だ。

「最近の若い人はね、飴あげるとすぐ噛んじゃうの。数えてるけど、5秒くらいで、ガリって。」

「どうして若い人が。」

「お腹《なか》すいてる人が多いんだよ。」

「はあ。」

「あと、最近の食べ物柔らかいものが多いでしょう。だから挑戦したいんだよ、若い人はね、固いもんに。」

「へえ。」

薄暗いタクシー、花しすはバックミラーで、自分の顔を確かめた。顎《あご》のラインで揃《そろ》えた髪、目のふちまで伸ばした前髪も、他の部分と同じように黒々としていて、頑丈《がんじょう》なヘルメットをかぶっている印象、美容室で完成後の鏡を見て絶望したが、言葉をなくすより先に、わあありがとうございます、そう、声に出た。数秒の絶句で、すべてを悟《さと》られると思ったからだ。

あの人はどのような思いで、この髪が似合うと思ったのか。恐らく花しすよりも、ふたつほど若い美容師だ。目の離れた花しすの顔を、「個性的で可愛い」と言い、様々なスタイルを試そうとした。なんとか婉曲《えんきょく》になだめ、最終的に辿《たど》りついたのが、この「ヘルメット」である。

「最近の若い子はさ、すぐ山登るじゃない。」

「山ですか。」

「そう。富士山とかさ、流行《はや》ってんでしょ？」

「ああ、そうですね。特に女性の間で流行ってますよね。屋久島に行ったり。」

「屋久島は知らないけどさ。」

「すみません。」

新田人生は角を曲がるとき、花しすが声をあげたくなるほど、スピードを落とす。ほとんど停止する。でも、今自分は酔っているから、気が大きくなっているだけかもしれない。酔っていない花しすだったら、これくらい慎重に運転してくれたほうが、きっと安心なのだ。

「挑戦したいんだよねぇ。固いもんとか、高いもんに。それで泣くんでしょ？」

「泣く？」

「山登ったらさ、泣くんだって、みんな。そうなんでしょ。若い人は。泣くんだよ、山に登って。泣きたいんだね。泣きたいんだよ、若い人は。だって、よく見るじゃない。泣ける映画とか、泣ける本とかね。泣きたいんだよねぇ、若い人は。」

新田人生は、それから延々、若い人がいかに泣きたいか、という話をし続けた。花しすは、「固いもん」の話を、もっと聞きたかった。若い人が泣きたがる話より、固いもんに挑戦したくなるという話のほうが、よほど面白そうだった。

「あの、新田さんは、固いもんを食べたり、つまり、挑戦したいな、と思わないんですか。」

急に苗字《みょうじ》で呼びかけたのに、新田人生は、ひるむ気配を見せなかった。

「挑戦？」

「はい。」

「山登ったりとか？」

「ええ、まあ、はい。」

「やだよー。富士山疲れちゃうもん。」

「人生さんは、富士山登ったことあるんですか。」

今度は、名前呼びに挑戦してみた。

「ないけど、でも、疲れちゃうでしょう。」

録音を示す赤い点滅が、ポケットから透けている。そこに小さな心臓があるように見える。心臓が透けて、動いているように見える。

「おじさんわざわざ泣きたくないんだもの！」

あ、そこらへんで、と伝えると、新田人生は、ゆっくり、ゆっくり、車を路肩に停めた。

「今日ね、おじさんの誕生日なんだよ。」

「そうなんですか。わー、おめでとうございます。」

「うふふ。」

時計を見ると、12月20日になったところだった。仕事の帰りだ。

降りる気配に気づいたのか、膝《ひざ》に乗っていたものが、するすると肩に登ってきた。白くて、ふわふわしている。正体は分からないが、ずっとある。ある、というより、いる。いつも、花しすの体にくっついているのだ。頭の上だったり、肩の上だったり、足の間に、はさまっていたりする。大きくなったり、小さくなったり、たまに、薄くなることもあるが、決して、消えない。

花しすは録音を終了し、静かにタクシーを降りた。白いものは、まったく重さを感じさせないで、それでも、花しすの肩に乗っていた。

吐く息が白い。でも、不思議と寒さは、あまり感じなかった。やはり、酔っているのだ。

新田人生の運転するタクシーが遠ざかるのを、なんとなく見届けてから、花しすは歩きだした。クリスマスは雪になるかもしれない、と、ニュースで言っていて、それを聞いた同居人の珠刈《たまかり》さなえが、へえ、と、声をあげたのは、昨日のことである。

下北沢と三軒茶屋の、ちょうど間《あいだ》、2Kのマンションに、花しすは1年と少し住んでいる。一階を選んだのは、家賃が安かったから、そしてふたりで住むので、無用心さを、あまり感じなかったからだ。

ひとりだったら、迷っただろう、と、花しすは思う。広さや日当たりより何より、二階以上の部屋であること、というのは、一人暮らしを始めた18歳のときから、知らぬ間にインプットされていた条件だった。

なので、さなえと部屋を決める際、さなえが、

「ふたりやし、一階でもええよな。」

そう言ったときは、少し感動した。どの部屋を選んでもいいなんて。自由な、新しい世界が、開けたような気分だった。

扉の隙間《すきま》から、灯《あか》りが洩《も》れている。さなえがまだ、起きているのだ。

「ただいまぁ。」

声をかけると、二匹の猫が、前を横切った。名前は、ベンツとジャグジー。ベンツは雄の黒猫で、ジャグジーは白と黒のまだら模様、これも雄だ。二匹とも、子猫のときにさなえが拾ってきた。兄弟なのだと思うが、他の子猫たちがどうしたのか、知らないと言う。

「最初からふたり兄弟やったと、思うようにしてるねん。」

さなえは、二匹の子猫に、あたためた子猫用のミルクをやりながら、そう言った。花しすとさなえが、このマンションに引っ越してきたばかりのときである。

そういえば、一階でもいい、と言われ、感動したのと同様に、ペット可のマンションにしたことにも、花しすは興奮したのだった。「今、飼う」のではなく、「いつか拾うかもしれないから」とさなえが言ったときにも、花しすはささやかに、でもはっきりと、胸を打たれた。

名前は、ふたりで決めた。

「家にベンツとジャグジーが。」

そう言うのが楽しい、と盛りあがったが、家では、面倒くさいので、結局、ベンとジャーと言っている。

「池ちゃんおかえり。」

台所に置いてある小さなテーブルで、さなえは、ココアを入れていた。そばで、ガストーブがしゅんしゅんと音を立て、その湯気がさなえを、ソフトフォーカスのかかった、ブロマイドのように見せている。

「あったかいわぁ。」

花しすが思わずそう漏らすと、

「せやろ。あったまり、あったまり。」

ふたつ上なだけなのに、花しすを包み込むように言う。

「さなえちゃん、遅うまで起きてんねんなぁ。」

「うん、なんか寝られへんくって。」

「ええにおいやなぁ。」

「ココア、飲む?」

「うん。ありがとぉ。」

さなえは太っている。その分、肌がぴんと張ってつやつやしており、頰《ほお》は桃色、化粧気もないので、30歳でも、大学生に見えるときがあり、実際、最近まで、大学生の恋人がいた。さなえは、不動産屋で働いていて、大学生の恋人は、その不動産屋の周旋で部屋を借りた学生だ。八幡山に住んでいて、写真を見せてもらったが、雄鶏《おんどり》に似ていた。

さなえが、えくぼの浮かんだ手で、ココアの粉末をカップに入れる。あたためていた牛乳を注ぐ。牛乳のにおいを嗅《か》ぎに、ベンツが前足をテーブルにかけて、ちらりと見える肉球は、綺麗な桃色だ。さなえの頬は、ベンツの肉球より淡い。牛乳のにおいがココアのにおいと混じってしまうと、ベンツは興味を失って、自分の前足を舐《な》めるが、ジャグジーは、家に来たときから、あまり鼻が利かないようだ。

「ありがとぉ。」

「あんドーナツ食べる?」

「あ、ええわ。」

さなえは、一口サイズのあんドーナツを、頬張って、口からぽろりと、粉を落とした。

「へやんな、よなはやひな。」

モゴモゴと、口を動かす。

「うーん、夜中はええねんけど、もうようさん食べてきたから。」

花しすは、小学生のとき、肥満児だった。肥満はしていたが、動きが速く、運動神経も良かった。花しすという珍しい名前なのに、苗字の最後の「戸《ど》」だけ取って、「どぉやん」と呼ばれた。その呼び方で、花しすは余計、太って見えるようなものだった。

廊下《ろうか》を歩いていると、いろんな場所から、「どぉやん!」と、声をかけられた。手を振られたり、肩を叩《たた》かれたりもした。女子にだけではなく、男子にも、教師にも、上級生にも。人気者だった。

「あーどないしよ池ちゃん、ドーナツ止まらんわ。」

さなえは、四つ目のドーナツを口に入れている。白いものが、肩に乗っている。時々ずり落ちそうになるが、砂糖のついた指を舐めているさなえから、決して落ちてゆかない。

それが自分にしか見えないということは、気づいていた。同級生の肩や、朝食の支度をする母の曲がった背中に、白いものは、きちんと乗っていた。時々形を変え、落ちたりもするのだが、また絶対に「持ち主」の体に寄り添い、結局、絶対に離れないのだった。どうして自分にだけ見えるのかは、分からなかったが、きっと、誰かに自慢することでもないし、不自由をしいられることでもないということだけは、分かっていた。

「止まらんわ、止まらんわ。」

花しすは、自分の指を見て、まるでそこに、ドーナツの砂糖がついているみたいに、舐めた。すっかり細くなった指は、わずかに苦い味がした。

朝になると、ベンツとジャグジーは、やっと甘えてくる。

さなえが出かけた後も、花しすはまだ眠っていて、二匹の猫はあたたかさを求めているものだから、花しすの布団にもぐりこんでくるのだ。つまり、夏場は花しすにまったくなつかないし、さなえが家にいるときも、たまに、花しすの脚に体が触れるか触れないかのところを歩いたりはするが、それ以外はさなえのそばにいる。ずっといる。

花しすとさなえでは、さなえのほうが、子猫の兄弟の面倒を、熱心に見た。慣れていた。スポイトでミルクをやり、虫下しの薬を飲ませ、肛門を揉《も》んで排泄《はいせつ》を促《うなが》してやり、寒い夜は、腋《わき》にはさんで眠った。猫たちがさなえになつくのは、だから当然だと、花しすは思っている。きっとさなえのことを、母親だと思っているのだ。

今、花しすの両腕にうまいこと収まって、ぐるぐるぐる、と喉《のど》を震わせているベンツとジャグジーは、では花しすのことを、どう思っているのだろうか。猫界では、人間の性など関係ないに違いないから、父親と思っているのか、それとも、自分たちと母親の家にいる、居候《いそうろう》のようなものと思っているのか。

どうも、後者のような気がする。折々、花しすを胡散《うさん》くさそうな目で見るし、熱心に鳴くので、返事をすると、何故か、はん、と、怒るのだ。

今も、花しすが起きようという気配を見せると、はん、の顔を見せた。むかつかれているのは分かる。でも、起きなければいけない。さなえと家賃を折半しているからだ。

六万円ずつ出し合って、生活費は半分ずつ。度々さなえが買ってくるお菓子は「お土産《みやげ》」とみなし、髪の長いさなえがドライヤーを長く使うのはやむなしとする、など、一緒に暮らし始めたときに細かく決めたものだが、結局様々なことがうやむやになっていて、それでも健やかに、生活は続いている。

花しすは勇気を出して、布団から起き出した。猫たちはいよいよむかついた顔で体を離し、すぐに毛づくろいを始めた。

花しすが促すまでもなく、枕元にあった白いものは、速やかに肩に乗ってきた。落ち着くのを待ってから、花しすはストーブをつけ、洗面所へ向かった。

さなえが洗濯をして行ってくれたので、洗濯機は空だ。銀色の洗濯槽は、思っているよりも深くて、そこに、二匹が隠れているときがある。子猫のときに、瀕死《ひんし》を経験しているのに、二匹ともあまり危機感がない。もっとも、洗濯機に入ると危険だと自分が分かったのだって、いつだったかは、覚えていない。花しすは、運動神経は良かったが、随分と、ぼんやりした子どもだったのだ。

肩に乗っているものをそのままにしていても、服を着ることが出来るのは、分かっている。服に覆《おお》われると、つぶれてしまったように平たくなるが、また必ず膨らんで、ふわりふわりと、服の隙間から、顔を出すのだ。顔を洗っているときは、丸めた背中に乗っていた。鏡を見て、分かった。

台所のテーブルに置いた携帯電話の、緑色のランプが、ちかちかと光っていた。開くと、高校時代の友人である宇川美鈴から、メールが来ている。

『連絡遅くなってごめん！　やっぱり年内は難しいので、新年会ということでどう？　コトチャンは子どものこともあるし、ダンナさんが休みの日のほうがいいよな？　8　8日以降はいまんとこ結構ゆとりあるで〜。』

美鈴は舞台女優をしている。とても評価されていると聞いた。

花しすも、舞台を何度か見に行ったことがある。印象に残っているのが、産まれる前の胎児の役をしていたことだった。美鈴は、舞台に作られた階段の最上段に、裸で、ずっとうずくまっていた。はじめは、裸もいとわない美鈴の覚悟に圧倒されたし、とても美しい友人の体を、思いがけない場所で見るという状況に、慣れなかった。だが、時折ごくごくと羊水を飲んだり、指を吸ったりする美鈴が、いつしか、胎児にしか見えなくなった。他の動物ではなく、新生児でもなく、それはやはり、人間の胎児だった。

後《のち》に会ったとき、どうやって役作りをするのか聞いたら、美鈴は、少し真剣な顔になって、言った。

「めっちゃ見て、見て、見まくる。」

胎児の動画を検索して、何百回も見たそうだ。

だが、見続けることで、その役を自分のものに出来るのは、まぎれもない、美鈴の才能だと、花しすは思った。花しすは、美鈴のことを見ているし、さなえのことを見ているし、自分に関わるすべての人のことを見ているつもりだったが、どれほど見ても、見まくっても、決してその人を演じることは、出来ないだろうと思った。

受信時間は、朝の6時15分、美鈴はこの時間まで、稽古《けいこ》をしていたのだろうか。

扉から出てゆくとき、二匹は玄関で見送らなかった。さなえが出かけるときは見送るのかどうか、花しすには覚えがないが、きっと見送るのだろう。足元に体をすりつけ、な、と、甘えた声を出すのだろう。ゆっくり閉めた扉の隙間から、頭に、例の白いものをたっぷりかぶったベンツと、それを肉球でつついている、ジャグジーの姿が見えた。

あれは、猫たちには見えるのだ。

花しすは二匹と一緒に暮らしだして、そのことに気づいた。嬉しかった。人間ではないが、「見える」ものがそばにいることは、心強かった。話をして分かち合うことは出来ないが、だからこそ、深い場所でつながっているような安心感があった。

下北沢の駅へは、歩いて15分ほどかかる。

遠いけど良い運動になる、と言ったさなえは、これまでずっとバスを使っていて、花しすのほうは、午前中という以外、はっきり決められた出勤時間がないので、ゆっくり歩くようにしている。雨の日でも、こんな風に、寒い日でもだ。花しすは歩くことが好きだ。

南口商店街のパン屋で、カレーパンとクリームパンを買う。駅で改札機に、財布を押し当てる。すべて、いつも通りだ。

花しすの職場は幡ヶ谷にある。家から距離としては近いが、電車を使うと、結構面倒だ。小田急線で新宿まで行き、京王線に乗り換える。井の頭線で明大前に行き、京王線に乗り換えるほうが、乗り換えも便利だし、料金も安いのだが、会社の呑み会が新宿であることが多く、社長に新宿経由の定期券を購入するよう、勧められたのだ。

東京には縦の線がないから、と、いつか、さなえが言っていた。

「皇居があるやん。その周りをぐるって回るように路線があって、そっから放射状に延びてるんよ。大阪やったら、碁盤《ごばん》の目みたいになってるやんか。あれは便利よなぁ。」

さなえの勤め先は、四谷三丁目で、だから、さなえの恋人はその近辺の人間が多い。不動産屋に客として来る人と、どうやって恋愛をするのかと、いつか花しすが聞いたら、色々連絡を取ることがあるから、と言っていたが、花しすが聞きたいのは、もっと違う、「どうやって」だった。

色々連絡を取ったその相手と、それからどうやってふたりきりで会ったり個人的な関係を持つに至るのか、そういう「どうやって」を、知りたいのだった。

さなえはいつの間にか恋人と別れ、いつの間にか新しい恋をしている。ふたりの住む家に恋人を連れてこないのは、どちらが決めたルールでもないが、さなえの恋人は必ず一人暮らしをしていて、何故かというとさなえが、不動産屋に、単身者用の部屋を探しに来た人を選ぶからだ。

花しすには、恋人はいない。今は、ウェブデザインの会社に勤めている。

仕事は主に、女性器のモザイクがけである。外国人専門だ。

男女がまぐわっている動画を、社長に言わせると「男性がそそられる」ような瞬間を狙《ねら》って静止させ、局部にフォトショップでモザイクをかける。それは作品紹介用だが、それ以外にも、女優別に検索をかける人のために、女優の宣材写真、ほとんど裸で、たまにエプロンをつけていたり、ガーターベルトをつけていたりするのだが、それにモザイクをかけることもする。最近は、そのほうが多い。

入社してから3年ほど、外国人の女性器を、つぶさに観察してきた。ほとんどが赤黒く、一定の形状から大幅にはみ出るものはなかったが、中には若い薔薇《ばら》が咲いたようにピンク色のもの、クリトリスが大きくて男性器のように見えるもの、体毛が濃すぎて、それ自体、新しい生き物に見えるものなどがあった。

同僚は三人。男性がふたりいて、黒川と新田、女性が、朝比奈という先輩だ。黒川は、24歳、新田は29歳、朝比奈は32歳だ。

黒川は事務、新田は進行と広告担当、朝比奈がウェブデザイン、花しすがそのアシスタントである。

こういう職種だが、取引先の担当にも女性が多いし、そもそも花しすの会社の社長が、女性だ。沢井といって、営業活動はすべてする。顔が広く、沢井の携帯電話は、いつもメールの受信や着信を知らせている。

「カルメン。」

隣の席の朝比奈が、そう言った。見ると、画面を見つめたままである。独り言なのだろうと放っておいたら、

「なんでカルメン。」

もう一度、言った。

「え。」

「カルメン歌ってたよ。」

気がつけば花しすは、昨日タクシーで聞いたメロディを、口ずさんでいたようだった。カルメン、思いがけずタイトルを指摘され、花しすは遅れて、胸がすくような思

いがした。

「歌ってましたか、気づきませんでした。」

ポケットに手を入れる。

「だろうね。池井戸さん、そういうとこあるからね。」

「どういうとこですか。」

「気づかずに歌ってるようなところが。」

朝比奈は、花しすのヘルメットとは違う、女性らしいボブの、さっぱりした美人だ。白いものは、蛇のように形を変えて、腰にぐるぐる巻きついている。花しすは我慢出来ず、またカルメンを歌った。

「うつるわ。」

朝比奈も、カルメンを口ずさみだした。黒川が、胡散くさそうな顔で、ふたりを見た。目が合ったので、花しすは歌うのをやめ、聞きたかったことを、黒川に聞いた。

「黒川君は、何か高いものや、固いものに挑戦したいと思ったことはある?」

「は、なんすか、それ。」

「山に登りたいなぁとか、かったい飴を噛み砕きたいなぁとか。」

「ないっす。」

「ゆとりだから?」

「うるさいわ。」

この、「ゆとりだから?」「うるさいわ」は、朝比奈と黒川のいつものやり取りで、いつの間にか始まった。

黒川が「ゆとり世代」なのかは、花しすも分からないが、とてもよく気がつくし、ミスもしない。理想的な事務だなと思うが、日がな一日、修整のない男女のまぐわいや女性器を目の当たりにしているからか、年相応の性的なにおいがない。枯れているといおうか、独特の乾いた感じがするのは、でも黒川だけではなくて、朝比奈も、花しすも、新田も、そうだった。

唯一、社長の沢井だけは、フェロモンを体現したような体型をして、それに合う服を着ている。最近恋人と別れたばかりだから、寂しいのか、仕事が終わっても帰らず、ぐずぐずと皆に話しかけたり、飲みに行ってくれる誰かを、携帯電話のメモリの中から、必死に探していたりする。嫌いとまではいかないが、結構な人数が苦手だなと思うタイプで、だから社員同士は、仲が良い。仮想敵とまではいかなくても、少しうとまれるくらいの社長のほうが、良いのだ。

壁には、沢井の手書きの社訓のようなものが、かけられている。

『　あかるく

ふまんをもたない
あつりょくにまけない
しゅしょうなきもちで　　　　　　』

初めてそれを見たとき、えらく後ろ向きな社訓だな、と思った。ほとんど奴隷《どれい》に言い聞かせているようだった。全部平仮名なのも、なんだか、馬鹿にされている気がするが、でもそれは、自分たち社員にというより、沢井が沢井自身に言い聞かせているものだともいえた。沢井は度々、暗くなり、不満を持ち、圧力に負け、驕《おご》るからだ。

「なんでですか。」

「なんか昨日乗ったタクシーの運転手さんが言うてた。」

「なんて？」

「若い人は高いもんや固いもんに挑戦したがるって。」

「なんすかそれ。」

「それで泣きたいんだって。」

「泣きたくねーよー。」

「ゆとりだから？」

「うるさいわ。」

花しすはふたりの「ゆとりだから？」「うるさいわ」が好きだ。

「泣ける映画とか、俺全然好きじゃないですもん。」

「じゃあ映画やったら、どんなんが好きなん？」

「俺すか？　インディのマイナーな映画とか。」

「へえ。」

「好きな映画言っても、分かってくれないことが多いんですよね。だから、趣味の合う子がなかなかいないっていうか。女の子に付き合ってメジャーなハリウッドものとか見るの、俺、耐えられないんで。あ、そういえばさっき、こんな話しましたよね。」

「え、したっけ。」

「俺、沢井さんみたいな女絶対だめだなぁ。おばさんだからっていうんじゃなくて、ああやって女感全開に出す人。レースのパンツとかはいてそう。」

「いいじゃんレース。」

「嫌っすよ、俺、シンプルな黒とかがいいです。男っぽい子。運動出来そうな、しゅっとした。あと、趣味のいい子。なかなかいないんだよな、感性が合う子。」

朝比奈が、コーヒー入れて、と黒川に言い、手が空いた花しすが、あ、私が入れます、と言っているうちに、黒川はもう、席を立っている。実際、黒川の入れるコーヒーはとても美味《おい》しい。

左手首に、例の白いものが巻きついているが、黒川は当然、それが見えないので、邪魔そうにする気配はない。綺麗《きれい》な、細い指をしている。

「池井戸さんも飲みますよね？」

「ごめんな、ありがとう。」

「ヘルメッ！」

「じゃかましわ。」

この「ヘルメッ！」「じゃかましわ」というやり取りは、花しすと黒川の間でかわされる。花しすの髪型がまるでヘルメットなので、黒川がそう言うのだが、本場、というのがどこか分からないが、とにかく英語圏の発音に限りなく近い感じで言うのが、こだわりのようである。つまりそれを言うとき、黒川は、はしゃいでいるのだ。

「ヘルメッ！」

「じゃかましわ。」

花しすは、こうやってからかわれるのが、心地良い。

黒川だけでなく、朝比奈も、新田も、花しすのことを、何かとからかい、笑う。社内は仲が良いのに、何故か皆苗字で呼び合うが、それでも皆が、池井戸さんは、と言うときの親しみを秘めた唇の運びや、愛情に裏打ちされた蔑《さげす》みが、花しすは嬉しい。皆が自分を呼ぶのは、愛するのは、人間がチャウチャウ犬やアザラシを愛《め》でるのと、同じ仕組みなのだと、花しすは分かっていた。小学生の頃からだ。分《ぶん》をわきまえていた。恋の話などはしなかったし、クラスの誰かの悪口も、決して言わなかった。

あるときから、急に痩《や》せた。

まだランドセルを背負っていたが、そろそろそれを恥ずかしいと思うようになっていたから、五年生の初めか、もうすぐ六年生になる頃かもしれない。そういえば小学校の卒業アルバムでは、もう、今の花しすだった。

花しすは、中学生になると、陸上部に入った。太っていた頃も、速く走れたが、花しすは痩せた体で走っているとき、自分の体が空気に滲《にじ》んで、遠くへ飛ばされていくような感覚がした。体が軽い、という状態を、そのときの花しすは、誰より知っているように思った。

昔からの友人は、劇的に変化した花しすに驚いたが、花しすの「中身」が変わっていないことを確認すると、そのまま、どぉやんと呼んだ。花しすも、「どぉやん」たろうと、より一層の努力をした。すっかり痩せ、背が伸び、トラックを颯爽《さっそう》と走っていても、皆に、安心して愛でられるような存在であろうと、花しすは思っていた。そして、そうした。いつもなんとなく笑い、人を糾弾《きゅうだん》せず、時間が穏やかに過ぎるのを、待った。

黒川が入れるコーヒーの、良いにおいがする。

花しすは、絶望しながら、どこかで安心していた、美容室の自分を思い出した。オチでいたいなぁ、と思う。一生アシスタントでかまわない。誰かの下で、からかわれたり、優しく叩かれたりしながら、日々を過ごしてゆきたい。

「はいどうぞ。」

それぞれのカップに、それぞれ好みの量のミルクと砂糖を入れてくれる黒川は、とても美しい顔をしている。左手首に巻きついていた白いものは、今は首まであがっていて、黒川はまるで、ムチ打ちになったみたいに見える。

朝比奈がコーヒーを一口飲んで、

「黒川最高。」

と言った。花しすも、そう思った。

画面を見ると、新しい性器は、猿の顔のような形だった。

1991年　4月14日

「ほら、はなちゃん、こよぉって。」

祖母はよく、語尾に「て」をつける。

ごはん出来たって、電話あったって、お風呂入りって。

誰かに聞いたことを、こちらに伝えているように聞こえるし、何度も言った後の、だめ押しのようにも聞こえる。

「こよぉって？」

花しすが問うと、祖母は、花しすの手を取った。

「狼《おおかみ》の仲間やって。」

祖母の指差した先に看板があって、そこには「コヨーテ」と、書いてあった。

「狼より小さいんやって。」

「おばあちゃん狼見たことあるん。」

「さっきほら、あの、あっちで見たって。檻《おり》んとこで。」

全部檻やん、と思う。

祖母は細く、黒々とした髪をしていて、水色と黄緑の花模様のワンピースを着ている。祖母の顔は皺《しわ》だらけだが、手は若い女のようにふっくらと丸く、手のひらに汗をかいていて、あたたかかった。

のちのち、祖母は、実はまるっきりの白髪で、黒髪は、染めていた結果だということが分かったのだったが、そのときはまだ、花しすにとって、祖母は黒い髪の、背筋がしゃんと伸びた、元気なおばあちゃんだった。

「おばあちゃん、全部檻やん。」

「え、なんて？」

「なんでもない。」

春だが、まだ肌寒かった。花しすは、祖母の手を握りなおした。

「はなちゃん、お腹すいた？」

祖母は花しすのことを「はなちゃん」と呼ぶ。花しすという名前をつけたのは、母だ。花しすは家の中で、ふたつの名前で呼ばれている。はなちゃん、と、かしす。どちらで呼ばれても、花しすは嬉しかった。

「焼きそば食べる？」

「うん。」

「おうどんがええ？」

「うん。」

「どっちがええのん。」

「うん。」

なんでもいいのだが、なんでもいい、と言うと、祖母を傷つけるような気がして、かといってこうやって、なんにでもうなずいていると、それはそれで、祖母を傷つけるような気がする。では、何か食べたいものをはっきり言えばいいのだが、それが分からない。祖母が食べたいと思うものを食べたい、という気持ちが、一番、自分の思いに近かった。

今までずっと、自分の意思を伝える前に、物事が進んでいた。一人っ子だったことも関係しているのかもしれないが、何かを食べたい、と訴える前に、美味しいお菓子やつややかな果物をもらえたし、トイレに行きたいと伝える前に、「おしっこしたくない？」と、聞いてもらえた。

望む前に与えられる生活が続き、いつしか花しすは、望むことをやめた。自分の希望や願望を、口に出すことが、どこかいけないこと、はしたないことのように思えた。自分の意見を言わず、大人しくしておけば、大人たちが何らかのことはしてくれる、そう思った。

そしてそれが、子どもらしくない態度であることは、幼い花しすにも分かっていた。

「あれがしたい」「これがほしい」と駄々をこねることが、ときに大人たちを喜ばせることになることも、分かっていた。だが花しすには、どうしても出来なかった。

そもそも、自分の願望というものを考えることが、花しすにはなかったのだ。大人や、他の誰かが与えてくれるものの中に、自分の望むものが、必ずあるのだと、思っていた。

「ほなおうどんにしよか。」

「うん。」

「はなちゃん、おうどん好きやもんなぁ。」

「うん。」

祖母にそう言われると、自分は前からうどんが好きで、今まさにうどんが食べたいと言おうとしていたと、思うことが出来た。

コヨーテの檻の近くに、小さな食堂があった。

中に入った瞬間、強烈なにおいに、あ、カレー、と思った。だが、カレーを、と言うと、焼きそばでもうどんでもないではないか、やはり、自分の食べたいものがあるのだ、そう思われてしまいそうなので、花しすは、カレーうどんを選んだ。

花しすの逡巡《しゅんじゅん》をよそに、祖母は、おばあちゃんこれにしよ、と言って、オムライスのボタンを押した。花しすは、感動した。そのときまだ8歳だったが、祖母が自分よりもうんと自由なことに、度々、圧倒された。

例えば花しすは、夏休みの宿題の絵画を、コツコツと、緻密《ちみつ》にやるのが好きだった。木を描くときは、木の近くまで行って、葉っぱを触って、葉脈を見て、根が土に張る様を見届けて、やっと、描き始めることが出来た。だが、祖母は、一向に終わらない花しすの絵を見て、

「木なんか緑色に塗っとったらええのに。」

そう、言うのだった。花しすの絵が上手なことは、きちんと褒《ほ》めてくれたが、いまいちその甲斐を、分かっていないようだった。

また、風呂に一緒に入るとき、花しすは自分の体を、丁寧に洗おうとするのだが、祖母は、石鹸《せっけん》を手に泡立て、さらさらと体を撫でるだけだった。

母は違った。

加齢によって滲んだ祖母の体と違って、母の体は美しかった。自分の母なのに、花しすは恥ずかしかった。母は、花しすの髪を洗ってくれたが、その、丁寧な丁寧なやり方は、祖母の荒っぽいやり方と違ったし、湯船に長い時間、本当に長い時間浸かっているのも、祖母がしないことだった。

母は湯船に浸かりながら、じっと花しすの顔を見た。

「かしすのお肌は、ちゅるちゅるやな。」

母はそう言ったが、花しすは、母の肌こそ、綺麗だと思った。

母は母なりに、祖母は祖母なりに、花しすのことを愛してくれた。やり方は違ったが、それは大きな、疑うことのない愛情だった。

花しすが小学校に入った頃から、母が、出かけることが多くなった。仕事をしているのではない、ということは、花しすにもなんとなく分かった。出かける時間は、まちまちだった。花しすが学校から帰って来るといない、ということが多かったが、朝、花しすが登校する前にいなくなることもあったし、花しすが遊びから帰って来た夕方、家を出る母の姿を、見ることもあった。

母には、どこに出かけているのかは、何故か聞けなかった。戻って来た母は、花しすを抱きしめたり、頭を撫でてくれたりしたが、とても疲れた顔をしていたし、花しすに笑いかけてくれる笑顔も、どこか、心ここにあらずといったような気配があった。

母がいない間、花しすの面倒は、祖母が見てくれた。

祖母は、花しすのことを、本当に可愛がってくれた。こうやって動物園に連れて来てくれることは何度もあったし、遊園地、プラネタリウム、花しすが行きたい、と訴える前に、いとうことなく、どこにでも連れて行ってくれた。

花しすのまっすぐな髪を梳《と》かしてくれるのも、靴下をはかせてくれるのも、大抵、祖母だった。夜には風呂に入れてくれ、花しすが寝つくまで、本を読んでくれたり、話をしてくれたりした。

花しすは、祖母にも、母がどこに出かけているのかは、聞かなかった。だが、ただ一度だけ、寝入りばな、寝ぼけた花しすが、

「お母さんは。」

そう訊《たず》ねたことがあった。口に出して、すぐ、しまった、と思った。祖母は、少し悲しそうな顔をして、花しすの頭を撫でた。そして、

「お母さんは、ちょっと疲れてるねん。」

と言った。

疲れている人が、眠ったり家にいたりせず、わざわざ外に出かけるだろうか。でも、花しすはもちろん、祖母にそれ以上聞くことは、しなかった。自分から何かを聞かなくても、いつか、母であったり、祖母であったり、誰か違う人が、教えてくれるのだろうと思った。

「はなちゃん、カレー、飛ばしたらあかんよ。」

「うん。」

言ったそばから、飛ばしてしまった。

ちらりと見たが、祖母は気づいていないようだ。

母が買ってくれた、青と白のチェックのスカートに、カレーの茶色い染みがついた。母は、こういった染みを、丁寧に取ってくれたが、祖母は、他の洗濯物とまとめて一緒に洗ってしまうので、いつも染みの跡が残った。このスカート、お母さんが洗ってくれるかな、花しすは思った。

「はなちゃん食べたか。」

祖母は、食べるのが早い。兄弟が多くて、早く食べ終わらないと取られてしまったからだ、と言っていた。花しすは慌《あわ》ててうどんを口に入れ、また、一滴、スカートを汚してしまった。

メロンソーダを買ってもらって、外に出ると、空が少し曇っていた。なだらかな坂を下ると、オランウータンの檻があった。

「ほらはなちゃん、オランウータンやって。」

祖母に手を引かれ、檻のそばまで近づくと、小さな女の子がふたり、ぎゃー、と、声をあげて、花しすたちを追い越した。

「ぎゃー、さるー。」

「あああああ、あー!」

4歳くらいだろうか、祖母は、にこにこと笑って、ふたりを見ている。時折花しすのほうに、「ほら」というような顔を向けてくるが、花しすは、どうしていいのか分からない。

祖母にとったら、8歳の花しすも、4歳の女の子も、同じようなものなのかもしれないが、事実は、まったく違うのだ。その証拠に、ふたりの女の子は、近づいて来たオランウータンに、はじめこそ大声で騒いでいたが、やがて飽きたのか、地面にしゃがみこみ、蟻《あり》の観察を始めた。花しすは、自分だったら、あんなことはしない、と思った。

祖母は、自由なふたりを見て、声をあげて笑った。

遅れてやって来た母親らしき女性ふたりも、女の子たちの姿を見て、笑った。

「やっと見つけたと思ったら、蟻見てる!」

祖母は、母親たちに、

「オランウータンより、蟻がええんやねぇ。」

そう言って、笑いかけた。母親たちは、まるでふたりの子どもが褒められたみたいに、嬉しそうな顔をした。そして、思い出したように花しすを見て、

「あら、やっぱりお姉ちゃんになると、きちんとして、いい子やねぇ。」

「ほんま。女の子らしくて、うらやましいわぁ。」

そう、口々に言った。

「あら、はなちゃん、ありがとぉは?」

祖母に促され、花しすは小さな声で、ありがとぉ、と言った。

花しすは、自分のように大人しい子どもより、母親の手から逃れ、走ってオランウータンの檻までやって来たのに、蟻を見ているような子のほうが、大人にとっては可愛いのだろうな、と思った。自分の望むことをして、少したしなめられたり、たしなめられたことによって拗《す》ねたり、そのような素直な態度でい続ける子どもが、大人たちから眩《まぶ》しい笑顔で見守られている様を、花しすは度々目撃してきた。

花しすは、祖母とふたりの母親に、カレーの染みがついたスカートを見せてみようか、と思った。でももちろん、そんなことはしなかった。代わりに、じっと、オランウータンを見つめた。

オランウータンは、檻のそばまでやって来たが、誰も自分に注目していないことを、分かっているみたいだった。頭を適当に掻《か》いたり、足の裏を、いじったりしている。でも、花しすの熱心な視線に気づいたのか、時々、ちら、ちらと、こちらを見るようになった。にゅう、と歯を出したり、檻を揺らしたりするオランウータンを見て、祖母が呟《つぶや》いた。

「近くで見たら、気持ち悪いなぁ。」

オランウータンは、祖母をちらりと見たが、またすぐ花しすに視線を戻し、腋を掻いてみせたり、唇をひっくり返したりした。

花しすは、女の子たちがいなくなっても、オランウータンを見続けた。まるで人間だと思ったが、思った瞬間、毛むくじゃらの体や、こちらに見せつけてくる尻《しり》のグロテスクさに、ひるんだ。

「はなちゃんは、オランウータン好きなんやなぁ。」

祖母が笑いながらそう言って、花しすの頭を撫でた。花しすは、オランウータンが好きというわけではなかったが、でも、祖母にもオランウータンにも、そう思っておいてもらおうと思った。

「うん。」

花しすたちが檻を離れる頃には、花しすの熱心さが伝わったのか、檻はたくさんの子どもたちに囲まれていた。オランウータンは張り切って、体を揺すったり、檻に登ったりしている。

背後で、男の子の叫ぶ声が聞こえた。

「あー、こいつちんちんないから女やー!」

しばらく歩いていると、ライオンがこちらにやって来た。本物の、ではない。きぐるみのライオンである。左手にたくさんの風船を持っていて、それが、ふわふわと揺れている。

「はなちゃんほら、ライオンさんやで。」

ライオンは、焦点の合わない目で花しすを見つけ、手を振ってきた。

あれは人間の体に、ライオンに似せたきぐるみをかぶせているだけで、だからあの焦点の合わない目は目ではなく、あの奥に、きちんと人間の目があるのだ。花しすはそれを分かっていても、いや、分かっているからこそ、彼らの類《たぐい》が怖かった。嘘《うそ》の目がついているのが怖いし、嘘の体なのに、意思があるのが、怖いのだ。

ライオンの隣には、若いお兄さんが立っていた。園の服を着て、おそろいの帽子もかぶっている。にこっと笑う歯が異様に白く、首筋に線のような傷があった。

「風船欲しい？」

お兄さんが、かがみこむようにして、花しすに話しかけた。

胸元には名札がついている。「新田人生」、花しすに読めるのは、「田」と「人」だけだった。

「はなちゃん良かったなぁ、風船もらえるって。」

「何色が欲しい？」

花しすは、あか、と、小さな声で言った。

ライオンは、たくさんの風船の中から、赤いものを選んで、花しすに差し出した。

ライオンの指は四本しかなかった。花しすは身構えた。この奥には、人間の指がきちんと五本あるのだ。風船を受け取ると、ライオンは、花しすの頭を四本指の手のひらで撫で、くちゃくちゃと手を振った。

怖ぃ。

絶対に目が合わないのが怖ぃ。

きぐるみの威力を借りて、大人が全力ではしゃいでいるのが怖ぃ。

そういうことを考える8歳の自分を、また申し訳なく思いながら、花しすは祖母に促されるままに、ありがとぉ、と言った。

風船には、絵が描いてある。

ライオンと、キリンと、サイと、ゾウと、チンパンジーと、オウムが、肩を組んで笑っている。コヨーテはいなかった。

皆が並んでいる頭上に、「わらって！」という、文字が書いてある。

！　て　っ　ら　わ

こんな風に、空から降ってくるように、書いてある。

花しすは、風船が飛ばないように、紐《ひも》を自分の指にぐるぐる巻きつけた。強く巻きつけすぎてしまったのか、花しすの指は、白くなって、少し苦しそうだった。

そのとき、ぴゅう、と風が吹いて、風船がたわんだ。祖母が、慌てて風船を押さえてくれたが、すぐに風はやんだ。祖母は、風船をじっと見てから、花しすの顔を覗《のぞ》きこんだ。

「笑って、やって。」

花しすは、その通り、にっこりと笑った。祖母は、花しすを見て、

「はなちゃんは、天使みたいやって。」

と言った。

花しすは、そう言われて、くすぐったかったが、とても嬉しかった。自分だって、可愛い、素直な、子どもなのだ。そう思うことが出来た。風がまた吹いて、祖母の服の、樟脳《しょうのう》のにおいが、鼻につんときた。

花しすは、おばあちゃんは、何歳なんだろう、と、急に思った。

母よりうんと上だということは、理解していたが、母の母、というには、少し若い気がした。祖母は、花しすにとっては「おばあちゃん」だったが、他の人、例えば先ほどのライオンや、「新田人生」にとっては、まったく違う人間なのかもしれなかっ

た。

花しすは、祖母のことを、じっと見つめた。

あんまり見つめていたので、いつしか、祖母が誰なのか、分からなくなった。

2011年　12月20日

いつもより早く仕事を終えた。それでも20時は過ぎていたが、例えば百貨店で働く人たちよりも早く会社を出られることが、花しすは嬉しかった。

ボードを見ると、新田と社長は「直帰」になっていて、黒川は事務なので、18時で帰宅、心なしか朝比奈は、わくわくしているように見えた。

花しすは、朝比奈と飲みに行きたいな、と思っていた。昨日忘年会をしたばかりなので、それは叶《かな》わないだろうと思う反面、昨日の忘年会は、社内だけでなく、取引先の人たちもいたものだから、誘ってもいいのではないか、という気持ちもあった。うずうずしていた。

「池井戸さん、仕事終わった?」

「はい。終わりました。」

きた、と思ったが、すかさず、飲みに行きませんか、とは言えなかった。断られるのはまったくかまわないのだが、帰りたいと思っていた朝比奈が、自分に気を遣って、じゃあ行こうか、となることが、申し訳ないのだ。

「朝比奈さんは?」

「終わったよー、こんな早く終わるのって、珍しいね。」

「そうですね。」

「帰ろっか。」

「そうですね。」

飲みに行くことは、叶わなかった。でも、それなら早く家に帰って、ベンツやジャグジーと遊べるのも楽しい。とにかくやはり、百貨店の人たちより早く帰れることが、花しすは嬉しかった。

パソコンの電源を落とし、ボードに「午前中出社」と書く。朝比奈の分も、書いてやる。一番に出勤するのは、黒川である。

分かっていたことだが、外は風が冷たかった。花しすが、右の肩に乗っている、例の白いものを意識しながら、マフラーをもう一周多く巻きつけていると、朝比奈が、慌ててマスクをした。朝比奈は、自分の肩に乗っている白いものには、やはり、まったく気がついていなかった。マスクの白と、肩に乗っている白に囲まれて、朝比奈は、小さな女の子のように見えた。

「寒いね。」

「寒いですね。」

「イブは雪になるかもしれないって。」

「らしいですね。」

「恋人たちは喜ぶね。」

「ホワイトクリスマスって言いますもんね。」

「クリスマス予定あるの、池井戸さんは。」

「ありません。朝比奈さんは。」

聞いてから、はっとした。だが、聞いてきたのは朝比奈のほうなので、仕方あるまい。それに、この状況で聞き返さないほうが、おかしいはずだ。

「うーん、どうだろうね、25はだめだろうね。」

「そうですか。」

「23と24はね、なんか仕事とかごまかして出てくるつもりみたいだけどね。」

「そうですか。」

「それもどうか、分からんね。」

朝比奈は時々、意図して中年男性のような話し方をする。

「三連休ですね。」

今年は23日から三連休である。日本中が浮かれている。

幡ヶ谷の駅で、ふたりは別れた。朝比奈は下高井戸に住んでいて、花しすとは反対方向だ。朝比奈は、背中にたっぷりと白いものを背負ったまま手を振り、口パクで何かを言った。かなり長かったのに、ほとんど分からなかった。花しすは仕方なく、曖《あい》昧《まい》にうなずいておいた。

朝比奈と別れてから、新宿行きの電車に乗った。ちょうどホームに入って来たところだった。乗ってすぐ、窓に顔をつけた。地下なので何も見えないが、わずかに見える線路が、黒くて、ごつごつしていて、少し、怖かった。

新宿で小田急線に乗り換える。人が多いが、満員ではなかった。

仕事柄、満員電車に乗ることは少なく、それだけで、花しすは幸せだと思う。母親には自分の仕事のことを「ウェブデザインのアシスタント」としか伝えていないが、自分が毎日見ているものを知らせたら、驚くだろう。

父とは、両親が離婚した中学二年生のとき以来、ほとんど連絡を取っていない。だから、女性器についての報告をすることはないし、今、花しすがこのような髪型でいることも、知らない。

小学校五年生のとき、祖母が脳梗塞《のうこうそく》で倒れた。

祖母が倒れたのを見ていたのは、花しすだけだった。土曜日の昼間、母はやはり、何らかの用でどこかに出かけていて、祖母が、ホットプレートの上で、花しすにお好み焼きを焼いてくれていた。

祖母のお好み焼きは、コテで何度も強く押すので、ぺたんこで固かったが、花しすは、それが好きだった。母が、普段、決して食べさせてくれない類の味だった。お好み焼きを、いつものようにコテで押さえていた祖母が、急に前のめりになった。そしてそのまま、ホットプレートの上に倒れた。祖母の両腕は焼け、花しすは、大声を出した。

なんとか祖母を起こすと、祖母は、いつか花しすが本で見た、エジプトの王様のような体勢をしていた。コテを両手に持ち、それを胸の前で交差させている。目をつむっていたが、左目はつむりきれておらず、薄く開いた目から、黒眼が覗いていた。それが、恐ろしかった。死んだのかと思ったが、横たえた祖母の、心臓に耳を当てると、驚くほど強く、打っていた。

花しすには、一一九番をする知識はあった。だが、それだけだった。横たわる祖母を、どうすることも出来ず、花しすは受話器に向かって、何度も同じことを言った。はっきりと、取り乱していた。だが、電話の向こうで、大人の男の人が、「お母さんはどこに行ったの?」と言ったとき、花しすは反射的に、母をかばった。

「お母さんはお仕事に行っています。」

数分後に、救急車が来た。

祖母が担架《たんか》に乗せられ、近所の人が集まって来た。花しすは皆に母の行方を聞かれたが、何も言うことが出来なかった。結局、花しすが病院に付き添うことになり、隣に住んでいた人が、母が帰って来たら伝えてくれることになった。

祖母は後遺症で、全身に麻痺《まひ》が残った。体の機能が低下し、結局、事実上の寝たきりになった。

すぐに救急車を呼んだ花しすの行動は正しかったが、母が家にいたら、祖母はこんなことにならなかったかもしれなかった。父は、母が家にいなかったことをなじった。母は何も言わず、黙っていたが、手や肩が、わずかに震えているのが、花しすには分かった。

結局祖母は、3年間、寝たきりで過ごすことになった。祖母はずっと、家にいた。週3日ほどケアワーカーを雇っていたが、結局、ほとんどの面倒を、母が見ることになった。ふらふらと家を出ていた母は、ほとんどの時間を、家で過ごすようになったのだ。

母と父が離婚したのは、祖母が死んだ後だった。

代々木上原で、人がたくさん降りる。席が空いたので座った。自分のブーツを見ると、甲の部分にヒビのようなものが入っている。買い替えんとな、と思った、が、声に出したかもしれなかった。最近花しすは、寒いな、とか、何買おうかな、とか、知らぬ間に声に出していることがある。周囲が自分を見る目で、分かるのだ。

今日も、無意識でカルメンを歌っていた。気をつけなければいけないが、カルメンのメロディを思い出すと、また、歌いたくなってきた。歌いながら歩き、途中のスーパーで、何かあたたかいものを買って、帰ろう。花しすはそう決めた。

南口の階段を降りると、先ほどより寒く感じた。やはりバスか、とひるんだが、カルメンの誘惑に抗《あらが》えず、商店街を足早に歩いた。まだまだ人はいたが、餃子《ぎょうざ》の王将の前に来て、待ち切れずに歌い、歌いだした途端、ぴゅう、と冷たい風が吹いたのが、面白かった。

住宅街を通ってゆくと、緑道に出る。緑道には小さな公園があり、砂場もあるのだが、鍵のついた柵で囲われている。猫が入らないようにするためだろう、猫は砂の上で脱糞、放尿する習性があるから、そう思っていたが、黒川にその話をした際、砂にガラスとか混ぜる奴がいるからじゃないか、と言ったので、驚いた。分かっていたが、何のために、と聞いたら、黒川は表情ひとつ変えず、

「小さいのを傷つけたい人間、いっぱいいるでしょう。」

と言った。小さいの、と言った。

その話を聞いてから、花しすはこの緑道を通る度、砂の上で糞をひり、それを前足

で熱心に隠している猫の姿を思い浮かべることにしている。最初は一匹だったが、今では囲いいっぱい、猫たちでひしめき合っている。カルメンは、さっきから、ずっと佳境だ。

　空を見上げると、わずかに星が見え、震えるように呼吸をしている。その動きで、光っている。星にばかり意識を集中していると、空は真っ黒に見えるが、目を転じて、黒い空間をじっと見ていると、綺麗な藍色《あいいろ》だったことが分かる。

イブには本当に、雪が降るのだろうか。花しすはその様子を想像してみるが、雪のことは、いつも忘れてしまう。降っている最中、景色は劇的で、鮮明で、ああこの景色は、絶対に忘れることはないだろう、そう思うのだが、降りやむと、すぐに忘れてしまう。

「恋人たちは喜ぶね。」

　朝比奈の声を、思い出す。

朝比奈の恋人に妻があることは、最初から教えてくれた。

不倫、という言葉は使わなかったが、結婚するんすか、という黒川の言葉に、いやもうしてるから、そう、言ったのだった。黒川は何か言いたげだったが、朝比奈にビールをせがまれたので、店員を呼ばなければならなかった。

　三人で飲みに行った。最近ではない冬だったから、もう一年前になる。それから何度か、朝比奈から「彼」のことを、少しずつ聞いている。

「あ。」

白と黒のブチ猫が、花しすを追い越して行った。緑道を振りかえったが、砂場はしんと静かで、想像の猫たちすら、いつの間にか消えていた。花しすはしばらく立ち止まり、頭の中でもう一度猫たちを登場させようとしたが、無理だった。

妻帯者を恋人に持つという状況は過酷だ。だが表面上、朝比奈は冷静に見えた。表面上、と思うところに自分の卑《いや》しさを感じる。それでも花しすは、そう、思うのだった。

朝比奈は無理をしているのではないか。さっぱりした性格だから、平気なふりをしているが、本当は痛みから逃れたくて、必死に手を伸ばしているのではないか。そのことを思うと、花しすの胸は痛み、そして、自分が勝手に朝比奈の心中を想像し、感情を決め付けていることへの嫌悪で、結果、痛みを通り越して、苦しくなるのだった。

人の気持ちを勝手に決めてはいけない。朝比奈が冷静なら、自分はそれだけを信じればいい。決して自分から、朝比奈の心を覗くようなことをしないでおこう。

花しすはそう決意し、今に至るのだが、朝比奈のことを少しでも考えると、すぐに暗い方向へ意識が流れ、その卑しさに、また苦しくなるのだった。

緑道を過ぎ、住宅街をまたしばらく進むと、スーパーに突き当たる。輸入品やワインなども扱っていて、少し値段は高いが、家から一番近いので、ほとんどここで買うことにしている。

朝比奈のことを考え、鬱々《うつうつ》としていた花しすだったが、スーパーを見ると、途端に元気になった。何を買おうか、何を食べようか、そういうことを考えていると、自然と、口角があがるのだ。

あるとき痩せてから、今まで太ったことがないのだが、食欲は変わらない。どうしてなのか、花しすは、太らない体になった。だから過去、肥満児だった話をすると、皆驚く。

「え、じゃあどうして今そんなに痩せてるの？」

「どうやってキープしてんの？」

「もう太らないの？」

大体このようなことだが、皆の言っていることは、自分には微妙にあてはまらないと、花しすは思っている。

肥満児であったことは、もちろん太っていたことと同義だが、普通に太っていた人が痩せたのとは、わけが違うような気がしていた。

太っていた人が努力して痩せたら、また太らないように努力をするものだろう。花しすは、努力して痩せようと思ったのではない。急に、みるみる痩せたのだ。ある日気づいたら痩せ始めていて、それが止まらなくなった、という感じだ。生理が始まった頃だったようにも思うし、そうではなかったかもしれない。

あんなに劇的な変化だったのに、花しすはあの頃のことを、おぼろげにしか、思い出せない。

「いいなぁ、私も急に痩せないかなぁ。」

いつか、そう言ったのは、大学の同級生の、北浦紗枝だった。まったく太っていなかった。

紗枝とは一年生のとき、他の生徒と四人ほどの、いわゆる同じグループだったが、夏休みを過ぎると、もう、疎遠になっていた。華やかで男友達が多かった紗枝と自分が、どうやって仲良くなったかは覚えていないが、疎遠になったことだけは、はっきり納得がいく。

三年生になったとき、紗枝がアナウンサーを目指している、というのを人づてに聞いたのが最後で、あとは知らない。テレビで紗枝を見たことがないので、アナウンサーにはなれなかったのだろうか。それとも、地方局のアナウンサーにでも、なったのかもしれない。

スーパーに入ると、あ、と声に出すほどあたたかかった。そして、明るかった。いつかさなえが、あそこは歌謡曲をフルート演奏しているような、変な有線が流れていないからいい、と言ったことがあったが、なるほどそうだった。このスーパーは、明るくて、あたたかくて、商品がたくさんあるのに、音楽が流れていない。ここでレジに並ぶと、いつも、何か足りない、何か買い忘れているのではないかと思うのは、音が無いからかもしれなかった。普段、当たり前にあるものが無いと、きっと、不安になるのだ。

惣菜《そうざい》のコーナーに行くと、生春巻きが目に入った。ライスペーパーの歯触りと、中に入ったアボカドの甘みを思い出すと、あたたかいものを、の決意は崩れ、すぐに籠《かご》に入れてしまった。

次に、揚げ物のぎらぎらした茶色が目についたので、カニクリームコロッケとキタアカリコロッケをトングで袋に入れ、マカロニサラダにも惹《ひ》かれて、手に取った。後でごはんが欲しくなるだろうと、冷凍コーナーへ行き、焼きおにぎりを投入、いつも、さなえのおやつをもらってばかりで悪いので、四つに切ったロールケーキと、なんとなく、牛乳も入れておいた。

かなり重くなった籠を持ってレジに並んでいると、見知ったキャラメルが、レジ横のラックに積み上げられていた。グロテスクなキャラクターが印刷されたミルクキャラメルは、一時期、女子高生らにとても人気があり、グッズなどが販売された。花しすも持っていたが、すべて捨ててしまった。

花しすはキャラメルを手に取ったが、籠が重かったので、元に戻した。キャラメル一箱の重さでも、増やしたくなかったのだ。

家に戻ると、灯りがついていなかった。さなえより早く帰るのなど、いつ以来だろう。声には出さなかったが、花しすは簡単に、「奇跡」と言いそうになる。

再びカルメンを歌いながら、ストーブをつけ、さなえに言われていないのに、きちんと手洗い、うがいをした。そして、丁寧に丁寧に、二匹の猫を撫でた。二匹とも、てっきり、さなえが帰って来ると思っただろう。出迎えて損をしたことにならないかと危惧《きぐ》していたが、機嫌よく、かがんだ花しすの膝小僧や腰に、額をすりつけてくる。二匹の額には、例の白いものが、のんびり、といった感じで乗っていたが、花しすが撫でると、ふわりと、背中のほうに移動した。

部屋がほどよくあたたかくなってきたところで、上着を脱ぎ、買ってきたものをテーブルに並べていった。すると、急に、ビールが飲みたくなった。思えば花しすは、ずっと飲みたかったのだ。こうやって見ると、スーパーで選んだものは、ほとんどが居酒屋で頼みたいメニューなのだった。

冷蔵庫を開けると、以前買った六本入りのビールが、まだ三本も残っていた。よっしゃ、と声に出し、花しすは厳《おごそ》かな様子でプルタブを開けた。ぷしゅ、と良い音がして、足に降りていた白いものが、今度はまた、首まで登ってきた。

一口飲むと、叫びだしたくなるくらい美味しかった。季節問わず美味しい、このビールという飲み物はなんだ、天才か、と思う。

「天才か。」

声に出す。十代の頃、これなしに過ごしていた自分が信じられなかった。ファンタもサイダーも阿呆ほど美味しいが、天才のレベルではない。

せっかくなので気分を出そうと、花しすは、割り箸《ばし》で皿をつついた。

こうなると、朝比奈を誘わなかったことが、とことん悔やまれる。でも、こうやって家で、猫を愛でながら一杯やる、などという、雑誌でしか見たことのない「至福」を、今、自分が体験していることに、甘いくすぐったさを覚えて、そしてもちろん「奇跡」をこらえて、花しすはやはり、カルメンを歌った。気分が良かった。

足元には、状況に飽きたベンツとジャグジーが香箱を作っていて、ストーブの上のやかんが、しゅんしゅんと、甘えた音を出している。

花しすはレコーダーを取り出し、今日録音したものを、順番に再生していった。「録音」の赤いボタンと、「再生」の青いボタンは、押し続けた結果、色がはげている。

はじめの録音は、ガサガサというポケットの繊維がこすれる音や、周囲の話す声などで、あまりちゃんと聞き取れなかった。

「……になります。」

店員の声だ。

「あ、はい。」

花しすの声。

「五〇〇円か……いですか。」

「あ、えーと、あ、三〇円あります。」

ガサガサ、という音。カレーパンとクリームパンを買ったときのものだ。

「ありが……います。二〇〇円……えしです。」

「ありがとぉ。」

ありがとう、の発音が、どうしても関西のものだな、と思う。再びガサガサ、という音がして、録音は終了。

次は会社だ。おはようございます、という花しすの声から、始まっている。

「あ、おはようございまーす。」

黒川だ。朝比奈は来ていなかったし、新田は「直帰」、沢井はボードに何も書いていなかった。ガサガサと紙の音、遠くで、コポコポ、と、コーヒーが落ちる音も聞こえる。花しすは、天才的に美味しいビールを、今現在飲みながらも、あ、コーヒーが飲みたい、と思ってしまった。

「池井戸さん、また面白い服着てますねー。」

「え、これ？」

「なんすかそれ、イカ？」

「イカ、みたいやけど、でも、足は四本やし、宇宙人かな？」

「すげぇな。似合うのがすげぇよ。」

花しすは今日、イカに似た生物が刺繍《ししゆう》されたセーターを着ていた。花しすが自分で選ぶ服は、どこかしら、誰かに突っ込まれる要素のあるものが多かった。形容出来ない柄があったり、イカのような、普通洋服にならない生物が刺繍されていたり。シンプルな服を着るときは、靴やタイツではずした。とにかく、自分の性格や雰囲気に合ったものを着ようと思っていた。それはふわふわとしたワンピースではなかったし、体のラインが出る服でも、コンサバティブなタイトスカートでもなかった。だからこの髪型、黒川に「ヘルメッ！」と言われるこの髪型は、花しすにとって、心地良いのだった。

朝比奈も黒川も、そろそろ花しすの容貌《ようぼう》には慣れてきたが、沢井は未だに、信じられない、といった表情で、花しすの服を見ることがあった。

「池井戸さん、昨日どうでした？」

「沢井さんですよ。昨日どうでした、っったら沢井さんでしょ?」

「ん?　何が?」

「ああ、酔うてはったなぁ。」

「酔うのはいいんですよ、忘年会だし。でも、あの人酔ったら女出すじゃないですか。あれまじでどうにかしてほしいんだよなぁ。」

「女出すって、沢井さん女やん。」

「いや、女ですよ、それはいいんですよ。俺女は若くないとだめとか思わないし。でもなんか、女感過剰なんだよなぁ。バブル世代だからかなぁ。」

「バブル世代やから?」

「ほらバブル経験してる女の人って、女ってだけで持ち上げられてきた人多いから、バブル終わっても、年とっても、いつまでもツヤホヤされたがるじゃないですか。」

　黒川は、「つ」やほやと言っていたのだ、気づかなかった。

「ほう。」

「なんだろうな、あの、まだまだ現役アピール。俺沢井さんの潤んだ目とか見たくないっすもん。」

「潤んでたんや。」

「潤んでたっていうか、ヌレヌレでしたよ。ヌレヌレでしたよ。」

何故二度言うのだろう、と、あのときも思ったなと、花しすは思い出した。

「横塚さん気の毒だったなぁ。俺はもう沢井さんのこと完全にスルーしてるんであれですけど、横塚さん気がいいから、完全に沢井さんの餌食《えじき》でしたよね。」

「でも沢井さん、何回も横塚さんに、酔ってるから許して、て言うてたよ。」

「え、そんなこと言ってました？」

「うん、みんなに聞こえへんくらい小さめの声で。」

「それ池井戸さんよく聞けましたね。」

「あー、うん。」

「あとあれ見ました？　横塚さんに、あーんてやってから揚げ食わせたの。見ました？　まじでないわー。俺あんなの若い女にやられても引きますもん。」

「ほんなら、どんな態度やったらええのん。」

俺はぁ、という黒川の声にかぶるように扉が開く音、おはよー、という朝比奈の声。おはようございまーす、と返事をする、花しすと黒川。

「二日酔いだわー。」

忘年会では朝比奈も、よく飲んでいた。

「あれだね、赤ワインがだめだね、白ならまだ大丈夫だけど、赤はどーんとくるね。」

「朝比奈さん、歯が真っ赤に染まって妖怪みたいでしたもんね。」

「うるせぇ。あーコーヒーコーヒーコーヒー。」

パソコンの立ち上がる音、キーボードを叩く音、黒川がコーヒーをそれぞれの机に置く音、ありがとぉ、という花しすの関西なまりの礼と、朝比奈の、おう、という感謝のこもった声。そこで録音は終了。花しすは、次の録音を再生した。

「……うね。池井戸さん、そういうとこあるからね。」

「どういうとこですか。」

「気づかずに歌ってるようなところが。」

花しすのカルメン。音程が少しはずれているが、きちんとカルメンだ。

「うつるわ。」

朝比奈のカルメンは、花しすよりも上手だ。ガサガサ、紙の音、キーボードを叩く音。

「黒川君は、何か高いものや、固いものに挑戦したいと思ったことはある？」

「は、なんすか、それ。」

「山に登りたいなぁとか、かったい飴を嚙み砕きたいなぁとか。」

「ないっす。」

「ゆとりだから？」

「うるさいわ。」

ガタ、と引き出しを開ける音。窓外の車の音。ビュウ。ビュウ。ちらと台所の窓を見てみるが、静かだ。この風は、過去の風だ。花しすは思った。割り箸でコロッケを割ったが、期待していた湯気は、あまり立たなかった。

「……映画やったら、どんなんが好きなん？」

「俺すか？　インディのマイナーな映画とか。」

花しすは、そんな風に言った黒川の、黒眼がちの目を思い出した。

「好きな映画言っても、分かってくれないことが多いんですよね。だから、趣味の合う子がなかなかいないっていうか。女の子に付き合ってメジャーなハリウッドものとか見るの、俺、耐えられないんで。あ、そういえばさっき、こんな話しましたよね。」

にゃあ、と呼ばれ、見ると、ジャグジーが体を伸ばしていた。花しすに、何かくれ、と言っているのだ。花しすはテーブルの上を見回してみたが、コロッケも生春巻きも、マカロニサラダも、猫の体にはよくないだろうと思った。

「ごめんな、あんたが食べるもんはないねん。」

花しすが言ったことを理解したのだろうか、ジャグジーはぐぐ、と伸びをして、花しすの足に砂をかけるような仕草をした。糞を隠すときにする行為なので、少し傷ついたが、ジャグジーの様子が可愛いので、我慢した。

「ヘルメッ！」

「じゃかましわ。」

レコーダーは、花しすと黒川の、いつものやり取りを流している。遠く離れた場所のことでも、過去のことでも、これを聞くと、元気になる。

ずず、と、コーヒーをすする音。

「黒川最高。」

それで、録音終了。

あと八件録音されていた。花しすは熱心にそれらを聞き、内容によっては、もう一度聞き返した。満足したところですべてをパソコンに移動して保存、これで花しすの一日は終わりで、時計を見ると、11時を過ぎていた。それでも、早かった。いつも帰ってから、布団の中で録音を聞き、それがすべて終わるのは、大体、3時を過ぎるのだ。飲み会の日などは大変で、忘年会の後は、全部聞き終わるのに、朝5時までかかった。

「さなえちゃん遅いなぁ。」

二匹に話しかけるが、耳をぴくりと動かしただけである。猫の耳は、こりこりして、美味しそうだ。

さなえも可愛がったが、花しすも花しすなりに、二匹を可愛がった。生き物を飼うのは金魚や昆虫などを含めて、初めてだった。花しすの母は軽い潔癖症で、当時は珍しいオーガニック志向だった。生き物を飼うことはおろか、食卓に肉が出てくることも、稀《まれ》だった。

父の収入は、母のこだわりをあと押し出来るほどのものではなかった。花しすの通うのは私立ではなく給食に肉の出る公立だったし、無添加の洗剤や化粧品は高く、だから母は仕方なく、石鹼を手作りしたり、小さなベランダで、わずかな野菜を育てたりしていた。

倒れた祖母を、施設に入れることが出来なかったのは、父の経済状況が影響していたことも理由だった。母は、祖母のために流動食を作り、それを一日二度、祖母の口元に持ってゆくことをしていた。祖母の反応は薄かったが、喉が大きく動くのを、花しすはいつも、最後まで見た。ぼとぼとと食べたものをこぼす祖母を見て、潔癖だった母が、普通でいられるはずはなかったが、でも、花しすが見る限り、母は淡々と、それをこなしていた。熱心にさえ見えた。

今の花しすは、母にそっくりだ。

痩せていて、色が白い。両目の間が離れていて、鼻が小さく、その割には、口が大きい。神経質そうにも見えるし、笑うと、とても大らかにも見える。母は花しすに、しばしば女の子らしい恰好をさせたがったが、そういう服を着ると、花しすは、写真で見る小さな頃の母にそっくりになった。

母に似た花しすは、でも、母と違って、動物が好きだった。全身に毛がある生き物は、ふわふわとあたたかく、人間でいう手相や皺《しわ》や、皮膚の黒ずみのような、グロテスクな部分がなかったし、名前を呼んだら反応してくれるところは、一人っ子だった花しすを、随分と興奮させたものだった。

だから、ベンツとジャグジーが家に来たときは、嬉しかった。すごく。最初に思ったのは、尻の穴がこれほど丸出しなのだな、ということだった。道行く犬や通り過ぎる野良猫などもそうだったが、こんな近くで、堂々と見せてくれるものなのかということに、驚いた。

潔癖症の人は、動物のこういうところを嫌うのかもしれない、と、納得はするのだが、ベンツもジャグジーも、肛門をいつも清潔に保っていたし、時折排便に失敗したら、失敗した分を綺麗に舐め取り、それはそれで、立派だと思った。

何より、人間の女性の、性器や肛門を見続けている花しすにとっては、二匹の肛門は、桃色をしていて可愛らしく、それが排便する場所であることを、忘れてしまうときもあった。

今、一日を終えた花しすから、少し離れた場所で香箱を作っている二匹は、日々、どのような思いで暮らしているのだろう。

「この子ら、猫やのに、そない寒がりやないねん。」

さなえがいつか、そう言った。花しすには、分からなかった。

それだけでなく、ベンツとジャグジーの、すべてが分からなかった。

もの言わないのは動物だからだが、もの言わない以上の深度で、猫のことが分からなかった。目がふたつあって、それは人間と一緒で、その目でこちらをじっと見るのだが、それが人間でいう「見ている」行為なのか、定かではなかったし、ふわりと跳躍する筋肉が、ぴくぴくと反応する細い髭《ひげ》が、肉球が、尻尾《しっぽ》が、すべてが、不可解だった。

だから、今こうやって、部屋の中に自分が猫と一緒にいることが、花しすには、信じられないのだった。

猫と一緒に、静かに、夜が更けてゆくことが、奇跡のように思えるのだった。

「き。」

ひとりでいても、花しすは、「奇跡」と言わなかった。恥ずかしかった。

ジャグジーが花しすを見て、声に出さずに、にゃあ、と言った。ふわふわとした白いものは、ジャグジーの腰のあたりを覆っていて、随分、あたたかそうに見えた。

1997年　7月9日

夏、部活を終えて帰路に就く頃には、空は劇的なオレンジ色をしている。

これが冬だと、もう真っ暗で、吐く息は白く、あたたまっていた筋肉が、順ぐりに凍えていってしまう。それがなんとも、損をしているような気分になったものだが、今は夏だ。夏の練習は冬よりきついと、部員の皆が言ったが、花しすは好きで、その理由は、この帰り道の夕焼けにあるような気がした。6時を過ぎても、まだ太陽が残っていてくれることが、花しすは嬉しかった。

花しすの所属する陸上部では、部員の寄り道を禁じていた。中学校側は、どの生徒に対しても、寄り道や買い食いを禁じてはいたが、こと陸上部をはじめとする運動部には、厳しかった。

他の生徒なら、露見した場合、注意や反省文などの処置で済んだが、運動部員は即時退部、これは脅しではなく、花しすが入部した一年生のとき、二年の先輩がふたり、本当に、退部させられたことがあったのである。

彼女らは夏の部活の後、あまりに暑いのでマクドナルドに寄り、Lサイズのポテトと、Lサイズのコーラを買っていたのだった。寄り道、買い食いの時点で、すでにアウトだったが、陸上部の顧問は、部員らに炭酸飲料を飲むことを固く禁じていた。それが、特にいけなかった。

もちろんそれは、顧問に発見された場合のことで、部員らは家に帰ると、冷蔵庫に冷やしておいたコーラやファンタをごくごくと飲んでいた。

花しすの母は、小さな頃からそういったものを、花しすに飲ませなかった。花しすがコーラやファンタを飲めるのは、祖母と外に出かけたときや、友人の家に遊びに行ったときだけだった。初めてコーラを飲んだとき、あまりの美味しさに、花しすは悲鳴をあげた。

「美味しい！」

麻薬という単語を知る前から、「これは麻薬だ」と思っていたように思う。はまったら大変なことになる、と。

だから陸上部の顧問が炭酸飲料を禁じるのは、ものすごく分かる気がしたし、どこか、ほっとしてもいた。こんな危険なものを、野放しにしてはいけないのだ。

今、花しすたちは、横目で自販機のコーラやファンタを眺めながら、必死に、欲望と戦っている。

「喉渇いたなぁ。」

思わず漏らした花しすに、

「ちょっとやめてや！　我慢してたのに！」

畑瑞樹が怒鳴った。

「でも、みずきちゃんも見てたやん。」

「見てたんと声に出すんは違うやん！」

「ごめん。」

「ええけど。うちも見てたし。」

「見てたんやん。」

「見てたんと声に出すんは違うやん！」

「ごめん。」

「ええって。」

「あーでも、」

「何よ。」

「コーラって、ほんまに美味しいよな。」

「……。」

「な。」

「そんなん知ってるわ！」

瑞樹は、ハードル走の選手で、花しすの隣のクラスである。耳にかからない短い髪をしていて、綺麗な筋肉がついているので、美しい男子生徒にも見える。花しすは四〇〇メートル走が専門種目だが、ウォーミングアップでは、いつも瑞樹と組んでいる。家が近いので、こうやって一緒に帰っている。仲が良い。

瑞樹は長い脚をだらだらと投げ出しながら歩いている。その度、頭に乗っている白いものが、陽炎《かげろう》のように揺れた。

「沢村大丈夫かなぁ。」

瑞樹が心配しているのは、一学年下の沢村という部員のことで、周回のときに野球部のボールが腰を強打し、病院に運ばれて行ったのである。

一年生は、夏が終わるまで、まだ専門競技が決まっておらず、ウォーミングアップから周回、基礎練習など一通りのことをすることになっているが、細く、持久力のある沢村は、一五〇〇メートル走の選手になることが、ほぼ決まっていた。

「腰ってなぁ。」

瑞樹は、口は悪いが、こうやって親身に人の心配をする。入部当時は、はすっぱなもの言いやふてくされたような態度が、上級生や同級生の不興を買ったものだったが、まさに「根はいい奴」の典型で、こうやって時間が経った今では、部での信頼は厚く、花しすも瑞樹のことを、すごく好きだった。

「あの子メンタル弱いとこあるからなぁ。腰はたいしたことなくても、ボール当たったことにショック受けてそうやなぁ。」

「どういう意味？」

「なんで自分にボール当たるんみたいなさぁ。選ばれてしもたみたいなさぁ。」

野球部の二年生が打ったボールが、沢村に向かって軌跡を描いたところを、花しすも目撃していて、それは確かに、まっすぐ沢村を目指しているように見えた。沢村の前を走っていた吉井貴実も、沢村の後ろを走っていた市橋理沙も、あとほんの少し確率が変わるだけで自分を強打していたボールを、じっと見つめていた。わずかに、興奮しているようだった。

「網代もショックやろなぁ。」

ボールを打った二年生は、網代雄介という男子生徒で、同じクラスになったことはないが、小学校から同じなので、顔と名前くらいは知っていた。

網代は、バットを持ったまま走って来て、うずくまる沢村と、その周りに集まった陸上部員を、じっと見下ろしていた。どうしていいのか、分からないようだった。上下する肩の上に乗っていた白いものが、ずるずると体を降りてきていて、それを見た花しすが、あ、消える、そう思ったが、やはり、消えなかった。

顧問が沢村を病院に連れて行ったので、部長の笹岡樹里が指導を引き継いだ。花しすたちは元の練習に戻ったが、不穏な空気はそのままだった。

折れてんちゃう、と誰かが言った。花しすは「ひ」と変な呼吸をしてしまって、瑞樹は、ハードルを倒した。

「こういうとき、大人やったら酒飲みに行くんやろなぁ。」

「そうなんかなぁ。」

「いつか自分らが酒飲むようになるなんて、想像つかんよなぁ。」

「せやなぁ。」

「おとんのビール一口もらったことあるけど、にっがいしくっさいし、あんなんどこがええんやろうなぁ。」

「ほんまやなぁ。でも、美味しいって言うよなぁ。」

「なぁ。ほんまに美味しいんかなぁ。」

「うち大人になってもビール飲まんと思うわ。」

「うん。せやな。コーラのほうがええよな。」

「そらコーラのほうが絶対美味しいよ。」

「あかん。」

「何。」

「飲みたい、コーラ。」

「やめてって！」

瑞樹は、大きく手を振った。笑っているので、怒ってはいないだろうが、どこか、心ここにあらずというような、ぼんやりした目をしていた。

六号公園という小さな公園で、ふたりは別れる。瑞樹がこちらに手を振る様子は、いつもより元気がなく、心なしか、小さく見えた。沢村のことを、気にしているのだろう。花しすは瑞樹の優しさに、改めて触れたような気がした。感動した。

だから、公園で仁王立ちになっている男の子を見つけたときも、感動の続きで、思わず、あ、と、声をあげてしまったのだった。

「合い言葉を言え。」

男子児童は、長い棒を横に持ち、立っていた。

冬なのに、薄黄色になっているTシャツ一枚、半ズボンで、右の肩に、例の、白いものを乗せている。花しすは瑞樹のほうを見たが、瑞樹はこちらを振りかえることなく、歩いて行ってしまっているところだった。

「合い言葉を言え。」

男子児童はぎょろりと大きな目で、恐らく自分の足より大きな靴を履いていた。黄色い帽子をかぶっているのだが、おでこのところにマジックで、ＪＩＳマークのような、でも何か分からない絵を描いている。

「ほな通さへんぞ！」

男子児童の持っている棒は、物干しざおだろうか、花しすの背丈ほどで、彼の立っているのは公園の真ん中だ。なので、左右に通れるスペースは、十分にあった。無視すればいいのだが、でも花しすは何故か動けずにいて、その子と、見つめ合っているのだった。

「……た？」

「え？」

花しすの様子に焦《じ》れたのか、男子児童は棒を持ちなおし、もう一度、「た？」と言った。

「た？　た、から始まる言葉？」

「合い言葉を言え！」

太陽が、そろそろ陰《かげ》り始めている。

「た、たー、えーと、た、たぬき？」

「違う！」

「た、た、たー……。」

「……こ？」

「合い言葉、知らんよ。」

「こ？」

「合い言葉を言え！」

「た、こ？」

「……や？」

「あ、たこやき？」

花しすがそう言った直後、男子児童は目をつむった。そして、棒をゆっくり、縦に持ちなおし始めた。門が開いたということなのだろう。とても、厳かな様子だった。

花しすは、棒が縦になるのを律儀に待ち、やっと、ありがとぉ、と言った。そこで帰れば良かった。なのに、なんだか去りがたかった。男の子が、あまりに、可愛かったからだ。

「なんて名前なん？」

思わず、そう、聞いてしまった。男子児童は、意外なことを聞かれた、という顔をした後、照れくさそうに、

「新田人生。」

と言った。変な名前だと思ったが、それを言うと、傷つきそうなタイプで、挙句、傷ついたことの発露が、泣くとか拗ねるとか、分かりやすいものではなく、予測不能な方向に行きそうな児童だったので、黙って笑っておいた。

「家どこ？」

「知らん。」

「迷子なん？」

「違うわ。」

新田人生は、先ほどまで門として大切に扱ってきた棒を、たやすく放り投げ、ポケットをごそごそやりだした。

「ジュース買おおっと！」

独り言なのか、だとしたら大きすぎる声でそう言い、挙句、花しすのほうをちらりと見ながら、六号公園の脇にある自販機に向かう。

もう行こう、もう行かねば、そう思うのだが、新田人生がいちいちこちらを振り向くので、花しすは彼がジュースを買うのを、待ってやるしかなかった。

「あまーいのん、買おおっと！」

新田人生は、ちゃんとお金を持っているようだった。

花しすは、これも寄り道、そして買い食いなのだろうかと、急に不安になった。かといって今すぐそこを去ることも出来ず、結局新田人生がジュースを手にこちらに戻って来るのを、待っていた。

新田人生が飲んでいたのは、見たこともないジュースだった。赤と黄色のパッケージ、炭酸の泡に囲まれ、擬人化されたコウモリが笑っている。
コウモリの上には、「おいしいよ」という文字が書いてある。

よ
い
し
い
お

こんな風に、空から降ってくるように、書いてある。

「それ何味なん？」

「七〇円やから。」

新田人生は、素直に答えた。質問の答えにはなっていなかったが、その素直さに、花しすは、胸を打たれた。

「ほんまに家知らんの？　送ったろか？」

「知ってる。」

「ひとりで帰れる？」

「迎えに来るから。」

「誰が？　お母さんが？」

「ちゃう、UFOやで！」

新田人生は、先ほどよりきらきらした目で、花しすを見上げてきた。

「すごいなぁ。」

「金星から来るねんで。」

「そうなんや。」

「俺の特技知りたい人ー。」

この子は、小学校では厄介者なのだろうな、と、花しすは思った。でもその大きな目が、やはり、どうしようもなく可愛くて、花しすは新田人生を、抱きしめたくなった。

「特技？　何なん？」

「言わん。」

「え。」

「知りたい人ー。」

「はい、はーい、知りたい知りたい。」

「もくよく。」

「え?」

「もくよくや。」

「あ、沐浴? へー。金星人でもお風呂入るねんな。」

「金星人と違う。」

「ほな何星人なん?」

「何星人って……、俺、普通に日本人やし……。」

「……ごめん。」

「こっちこそ……、なんかごめん。」

気がつけば、自分たちの影が、街灯の光だけで作られていた。

太陽はすっかり、沈んでいたのだ。

花しすはそのとき、自分が陸上部の練習からこの公園まで、一気にワープして来たみたいな、いや、もっと昔、太っていた小さな頃や、言葉を知らなかった赤ん坊の頃から、急に、この場所、遊具のない小さな公園の、棒が放り投げられた場所にワープして、そして、新田人生と、こうして一緒にいるような気持ちになった。

花しすの最初の記憶は、母の腕に抱かれながら見た、銀杏《いちょう》か何かの木だった。まだ葉っぱは黄色くなっていなかった。夏だったろうか、おくるみにくるまれた自分の体が、じっとりと汗ばんでいたが、不快ではなかった。とても眠くて、そのまま眠ってしまいたいのだが、何か重大なことを見逃してしまうような気がして、それが悔しくて、目を開けていたのだった。

母が、花しすに熱心に話しかけてくるのだが、花しすにはそれを理解することは出来なかった。自分の名前が花しす、ということすら、分かっていなかった。

だが花しすは、自分が愛されていること、大いなる平和のただ中にあることは、体感していた。花しすはそのとき、人生で一番傲慢《ごうまん》で、無垢《むく》で透明で、無敵だった。

花しすは目の前にいる、新田人生を、じっと見つめた。可愛い彼の、赤ん坊だった頃を、思い描いた。

「なんで泣いてるん?」

新田人生が言った。

新田人生のおでこの絵は、やはり何か分からなかったが、きらきらした目は、消えた夕焼けの光を吸いこんでいて綺麗で、花しすはそのとき、赤ん坊だった新田人生を、はっきりと、見たのだった。

2011年　12月21日

今日の性器は、手ごわい。

毛の範囲が広すぎて、簡単な修整では、大幅にはみ出してしまうし、黒が濃すぎて、奥のピンク色や赤が見えないため、修整をかけても、その部位が真っ黒に見えてしまうのだ。まったく何も見えなくなってはいけない。なんとなく想像の余地を残すことが修整のコツなのだと、入社したときに、朝比奈に言われたのだ。

毛の彼女はプエルトリコ系で、EVRYNという名前だった。プエルトリコ系の女性は、すべて剃毛していることが多いので、EVRYNは珍しく、そういえば整えられていない眉《まゆ》や、太もものヒヨコのタトゥーなど、どこか、幼さが残る人だった。

名前の正しい読み方を知らないので、花しすは心の中で、「EVRYNよ」と、文字そのもので呼びかけた。それは、小さな頃からの、花しすの癖だった。本を読んでいて読めない漢字があると、調べようとせず、文字を形として読むのだ。実際は、読んでいないので、その部分は発音されず、イメージでは、黒いグチャグチャ、のようになっている。なので、花しすは未だに、読めない漢字がたくさんあった。

（ＥＶＲＹＮよ、ＥＶＲＹＮよ……。）

画素数を変えたり、勝手にピンク色や赤色をちりばめたり、四苦八苦している花しすの隣で、朝比奈は両の親指を使って目頭をマッサージしていた。時折、はー、と、大きなため息をつく。

「朝比奈さん、ダウナーな空気まきちらすのやめてくださいよ。」

向かいの席から、黒川がそう言った。花しすはポケットに手を入れて、録音ボタンを押した。

「頭痛い……。」

「なんすか、風邪っすか？」

「違う、二日酔い。」

昨日、あれから飲みに行ったのだろうか。なんだ、それでは、誘えば良かった、と、花しすは思った。

「月火と飲むなんて、頭悪いんじゃないんすか。」

「だって、早く終わって嬉しかったんだもん。」

「私も昨日、嬉しかったです。」

「池井戸さんも？」

「はい。だから、飲みに行きたいなぁと思ってて、でも、忘年会の次の日やし、迷惑かなぁと思って。」

「なんだよー、誘ってよー。あたし下高井戸で飲んで、歩いて帰れるからって2時まで飲んじゃったよ！　なんだー、幡ヶ谷なら終電までとかでさくっと飲めたのにー。」

「私も誘ったら良かったです。なんか、めっちゃ飲みたくて、スーパーで居酒屋メニューみたいなのばっかり買って家で飲みましたよ。」

「ふたりとも寂しいですねぇ。」

「うるせぇ。」

「黒川君は、まっすぐ家帰ったん？」

「僕は、友達がやってるカフェ行って、軽く飲んで帰りましたよ。」

「なんだよ、お前も誘えよ！」

「だって、朝比奈さんが来るようなカフェじゃないですもん。」

「なんだよどんなカフェだよ。ていうか、カフェで軽く飲むなよ。カフェで軽く飲むってなんだよ。」

「黒川君はお洒落《しゃれ》なんやなぁ。」

「ヘルメッ！」

「じゃかましわ。」

朝比奈は、飲みたいときに恋人を誘わないのだ。

会える日と、会えない日と、どうやって決めているのか知らないが、伴侶《はんりょ》以外に恋人を作るのは、さぞ忙しいことだろう、と、花しすは思った。

「疲れへんのかなぁ。」

「え、誰が?」

また、声に出していた。花しすは咄嗟に、何か疲れそうなものを探した。そしてそれは、ここでは、画面の中のEVRYNだけだった。

「……この人、こんな体勢で。」

「どれ?」

朝比奈が隣から画面を覗き、黒川はわざわざ席を立って、見に来た。

EVRYNは別段変わった姿勢、例えば後ろ向きに立った脚の間から顔を覗かせていたり、うつ伏せになって反り返った足のつま先を舐めていたり、そういうことはしていなかったが、片足を大きく持ち上げ、もう片方の足を曲げてぴたりと床につけている様子は、ヨガのようにも見え、「疲れへんのかなぁ」という独り言に、一応の真実味を与えていた。

「ああイヴリン。」

花しすの頭の中で、「EVRYN」が「イヴリン」になった。音がついた。

「何、また喋《しゃべ》ってんの。」

「あ、はは、いやー。」

花しすが以前、この仕事をやっていると、性器と話をしているような気分になると言ったのを、朝比奈は覚えていて、こうやってたまに、からかってくるのである。

「この子結構無茶なことするんだよね。」

「無茶ってどんなですか？」

「バイクの部品突っ込んだり、鶏の頭突っ込んだり。」

「あー、まじ無理。ないっす、ないない。」

黒川が頭を振りながら席に戻った。強く振ったので、一度落ちてしまった白いものが、すぐにまた、体をよじ登っていった。

「この子、若いんですか。」

「年は、一応22くらいってことになってるんじゃない？　でも、ほんとのとこは分かんないよね。」

「まじでない、まーじーでーない。」

ゆとりだから、と、言うのだと思っていた。だが朝比奈は、静かな声で、

「黒川うるさいよ。」

と言った。

朝比奈の静かな口調は、いつもの、黒川うるせー、とか、だまれ、とか、愛情を含

んだ悪態ではなかった。瞬間、事務所に静かな空気が流れたが、黒川は何も言わなかったし、花しすは、黒川のほうを見なかった。朝比奈も、すぐに自分の作業に戻り、また時折、はぁ、と、ため息をついた。

時々、こういうことがある。

黒川が喋りすぎのときや、今のように何かを馬鹿にしたような発言をするとき、朝比奈は黒川にはっきりと苛立ちを見せる。黒川はそれに対して、反論したり何か言ったりしないが、それからは、ちょっと不自然なくらい、静かになるので、花しすはふたりの顔を見ることが出来ず、度々、難儀な思いをするのだった。

静かになった事務所で、花しすはそっと停止ボタンを押し、画面の中の「イヴリン」に集中することに努めた。

（イヴリンよ、イヴリンよ、イヴリンよ。）

読み方が分かると、イヴリンは、途端に輪郭を現した。

イヴリンは、ベネズエラの首都カラカスに住んでいる。22歳と言っているが、本当は17歳。家族は母と弟ふたりと妹がひとり。父がいたが、イヴリンが12歳のときにいなくなった（何らかの理由で）。

初恋は4歳のとき、相手は地元の清掃員で、初体験は12歳、父がいなくなった年、ふたつ上の近所の男の子の家でだ。

そのことはたちまちお互いの母に知られることになり、母同士で大喧嘩《おおげんか》になった。それ以降ふたりは絶縁状態で、以前はとても仲が良かっただけに、イヴリンは自分と彼の性的な好奇心のせいで、母たちの友情が壊れてしまったことに、罪悪感を感じている。

カリブ海沿いや山岳地帯に比べ、カラカスに緑は少ないが、それでも鳥がやって来る。赤や青の羽を持った鳥で、黒い蝶ばかりを好んで食べる。イヴリンの弟たちは、その蝶を捕まえてきては、釘で、壁に打ちつける。

イヴリンは、母の目を盗んで、時々街に遊びに出かける。イヴリンはダンスが大好きだからだ。

イヴリンは、……。

イヴリンは、……。

だめだった。

楽しそうに体を揺らしてダンスをするイヴリンから、今ここで、濃い体毛をさらして笑うイヴリンへのグラデーションは、上手くゆかなかった。花しすは、イヴリンのことを、何も知らないのだ。イヴリンの人生を、自分は体感出来ない、決して。

結局花しすは、知らず知らず、何らかサルサ的なものを、口ずさむことになった。何も知らないので、なんとなくである。

「なんでそんな曲ばっかなの。」

朝比奈の一言で、我に返った。

「カルメンとか、サルサとか。」

「あ、また歌ってましたか。」

「歌ってたよ、歌ってましたよ。」

「すみません。」

「いいよ、歌うのはいいよ。でもなんでいつもそんな歌なのよ。カルメンとか、サルサとか。あるでしょうよ他に。せめて日本人の歌でしょうよ。」

朝比奈は、言いながら笑っている。花しすはほっとして、黒川を見た。黒川も、笑っていた。

電話が鳴り、黒川が応答した。取った瞬間扉が開き、沢井が出勤して来た。

「おっはー。」

「おはようございます。」

沢井はグレーの、ウエストマークされたワンピースタイプのダウンを着ている。ぽっちゃりした沢井だが、いつも体型がはっきり出る服を着ている。胸はここです、腰はここで、尻はここ、という風に、きちんと主張している。足元は絶対にヒール、髪をわずかにカールさせ、通り過ぎるとき、甘くて良いにおいがする。花しすが、絶対にしない恰好だった。

「黒ちゃんコーヒーね。」

電話しているのもかまわず、沢井が黒川に声をかけた。黒川は電話しながら、分かりました、という風に、頭を下げた。

「新田が戻り次第、お電話さしあげましょうか。」

黒川は電話に対応するとき、声を変えたりしないが、感じの良さというか、丁寧な受け答えの手本みたいな話し方をするので、沢井はいつも黒川を褒めるが、黒川が沢井のことを「ない」と言っていることは、知らないでいる。

「あー、昨日も飲みすぎちゃった。」

デスクに着くと、沢井はヒールのある靴から、キティちゃんが刺繡された、もこもこしたスリッパに履き替えた。背中に乗っている白いものが、腹のあたりまで降りてきていて、沢井は黒と白とオレンジの、幾何学模様のワンピースを着ている。きちんと、胸、腰、尻が分かる。

「朝比奈ちゃん、昨日吉沢さんと話してたら、B系のページの一二タイトル、ぱっと開いた感じちょっと多すぎるかもって。九に出来ないかな?」

「はあ。」

「ごめんねー、あたしが一二でって言ったんだよね?」

「いえ、大丈夫ですけど。」

「吉沢さん老眼だからさー。九にしたら文字ももうちょっと大きくなるよね？」

「あ、はい、えーと、いつまでですか。」

「んー、ごめんね、なるはやだと嬉しいんだけど……。」

「はい。じゃあ今週中に変えておきます。」

「本当？　ありがとう！　ほんとごめんねー！」

「いえ。」

　朝比奈は、沢井と話すとき、意図して感情の回路を切っているように思う。沢井のことは、そんなに嫌いではない、と、前飲んだとき言っていたのだが、とにかく苦手なのだそうだ。

「沢井さんてさ、媚《こ》びてくるじゃん？　ごめんね、とか、いつもありがとね、とか。あれが苦手なんだよ。社長なんだから、もっと堂々としてりゃいいのにさ。」

　朝比奈がそう言うのも、花しすには分かる気がしたが、一昨日の忘年会でくだんの吉沢が酔っ払い、朝比奈と花しすに耳打ちしてきたことが、今の朝比奈の態度に影響しているのではないか、と思った。

　吉沢は、取引のある制作会社の社長だ。外国人が出演するビデオを主力にしているが、アダルトビデオだけでなく、配給にならない映画を買い付け、ＤＶＤ販売している。

50半ばの男だが、ねちゃねちゃした雰囲気、離婚歴があり、若い恋人がいるということだった。その吉沢が、沢井の過去を、花しすらに、話したのである。

沢井はどうやら昔、その類のビデオに出演していた経験があり、引退後にこの業界の仕事を始めたようである。何か不祥事を起こして一度干されたことがあるのだが、それを吉沢が、なんとか、とりなしてやったのだそうだ。

そのとき、花しすはただ驚いたので気づかなかったのだが、朝比奈は、吉沢が、沢井とそういう関係になったのだ、というようなことを言っていた、と受け取ったらしい。

「別に枕営業が悪いんじゃないよ、かえって立派だと思うよ。でもさ、なんか沢井さんが吉沢さんに媚びるのはさ、納得いかないんだよ。業界との間をとりなしてもらった義理はあるかもしれないけど、体で返したわけでしょ？　もうそれでお互い様じゃんか。」

朝比奈が言うのには、沢井が吉沢のご機嫌をうかがったり、吉沢の言うことを他の取引先より優先するのは、沢井が吉沢に対して、ちょっとした恋愛感情を持っているからではないか、ということだった。

体を使うのも、女を利用するのもかまわない、むしろ尊敬するが、気持ちの部分では毅然《きぜん》としていてほしいと、朝比奈は言うのである。その精神的な卑屈さが、そのまま社員である自分たちにまで、及んでいるのだそうだ。

「沢井さんってさ、美人じゃん？　フェロモンもあるし。昔はちやほやされてたんだと思うんだよね。それがさ、今も続いてんのよ。愛されたいんだよ。だからあたしたちに八つ当たりとかした後さ、異常に媚びてくるじゃん？　友達っぽく接してきたりさ。社長なんて、本来孤独なもんでしょ？　そこに社員からの信頼以上のものを求められても、困るんだよ。そのくせ社訓はあんなでしょ？　馬鹿にしてんだよね、あたしたちのこと。」

朝比奈はこんな風なことを言った後、このことは新田さんと黒川には言わないでね、と言った。

それも朝比奈特有の思いで、自分たちが社長のことを悪く言うのはいいのだが、新田や黒川がそうするのは、嫌らしいのだ。特に黒川に対して、強くそう言い聞かせることがあるのは、黒川が若い男だからだと、花しすは思っている。

イヴリンを「ない」と言った件で、朝比奈が黒川を一喝したのは、そのせいだ。

黒川がそういうことを言うとき、その言葉がこのような仕事をしている女、ひいては女という性全般に向けられているように、朝比奈は思うのではないだろうか。

そういえば以前飲んだときも、朝比奈は、黒川がどうしてこの仕事をしているのか分からない、と、しみじみ言ったことがあった。花しすはそのとき、さあ、どうしてでしょうねぇ、などと曖昧なことしか言えず、挙句その後、でも、黒川君のコーヒー美味しいですよね、と、つまらないことを言ってしまったのだった。

「新田ちゃんって、今日もずっと外回り？」

沢井が髪の毛を束ねながら、黒川に聞いた。

「はい、そうみたいです。」

「そっかー。」

新田とは、全然会っていない。

いつも、外回り、打ち合わせ、直帰の新田は、正直、社内でも得体の知れない存在のようになっている。だが仕事は出来、頼りになると沢井がよく言っているし、朝比奈も新田のことを、尊敬しているようだった。

花しすは、数日前にちらりと会っただけの新田を、思い出す。新田は、一昨日の忘年会にも来なかったのだ。

線の細い男だ。驚くほど小さな声で話すが、いつもちゃんと聞き取れるのが不思議だ。花しすの耳に、なじみがいいのだろうか。

池井戸さんを見ていると、なごむ、そう言ってくれたのが最後で、それから会っていないが、花しすは度々、その言葉を脳内で反芻《はんすう》する。

池井戸さんを見ていると、なごむ。

嬉しかった。それは花しすが、望んでいる言葉だった。

花しすは手ごわいイヴリンをあきらめ、先に、BETTYにとりかかることにした。

BETTYは、イヴリンより浅い肌色をしていて、体毛をすべて剃っていた。

少しずつ修整を入れると、BETTYの性器は淡く滲んでゆく。その部分がBETTYという人間そのものではないのに、BETTYが遠くへ、姿をくらましてゆくように思う。

「新田ちゃんもみんなも頑張ってくれてるねぇ、ありがとね！」

沢井が顔の前で手を合わせ、隣で、朝比奈が、こふ、と、咳《せき》をした。花しすは朝比奈をちらりと見ながら、そのまま、あの社訓に目をやった。

『あかるく
ふまんをもたない
あつりょくにまけない
しゅしょうなきもちで』

やはり、馬鹿みたいだった。

1999年　9月26日

天気がいいから中庭で食べよう、と、宇川美鈴が言った。美鈴はすでに、弁当と水筒を持って待っていて、生田琴美と、遅れて花しすが、それに従った。

先を歩く美鈴のスカートの襞《ひだ》が崩れかけている。琴美がそれを直してやろうとしたのだが、直らなかった。高校に入って半年ほど経つだけなのに、美鈴の制服は、もう、ほつれたり、テカリがあったりして、くたびれた印象だ。

入学式のときからそうだったが、美鈴の、制服をすでに着崩している感じや、最初のホームルームで居眠りをしている様子などが、どこか、すれた印象をこちらに与え、だからそんな美鈴が花しすに話しかけてきたときは、驚いた。出席番号が前後だったとはいえ、美鈴は、同じクラスの中でも、化粧をしていたりする、少し派手めな女の子と仲良くなるタイプだと、思っていたのだ。

だが美鈴と花しすは、友達になった。そこに、花しすの前の席に座っていた生田琴美が加わり、三人は二学期に入った今も、仲良くしている。

琴美はどちらかというと、花しすよりの女子生徒で、つまり大人しく、制服のスカートを短くしたのも、夏前、美鈴に感化されてのことのようだったし、他の女子生徒らのように化粧をしたりせず、ハンカチをいつもきちんと携帯しているような生徒だった。だが時折、ぽつりと面白いことを言って、それが美鈴と花しすのツボに来るようなことばかりだったので、美鈴も花しすも、琴美のことが大好きだった。

「あ、ベンチ空いてるで！」

美鈴がそう言って走り出し、中庭のベンチに座って、こちらに大きく手を振った。手に巻きついていた白いものが、その勢いで、ふわりと宙に舞ったが、また戻り、今度は首に巻きついた。

すでに中庭にいた、上級生の女子生徒たちが、美鈴をちらちらと見ている。美鈴は髪の毛をワンレングスのボブにしていて、すらりとした体や、大きな目が、男子生徒だけでなく、女子生徒の視線も引く生徒だった。

中国人の母と、日本人の父を持っていて、中国語を話すことが出来る。母は美鈴のことを「メイリン」と呼ぶそうだが、花しすと琴美は「みぃちゃん」と呼び、美鈴と琴美は花しすのことを「イケ」、花しすと美鈴は琴美のことを「ことちゃん」と呼んでいる。

三人とも、部活には所属していなかった。部活動に熱心なこの高校で、それは珍しいことだった。だから三人はますます仲が良く、かといって放課後や休日は、花しすも美鈴もアルバイトをしていたので、四六時中一緒にいるということはなかった。こうやって、ほどほどの距離を保っていることも、三人がずっと仲が良い理由なのだった。

「ほんまにええ天気やなぁ。」

琴美のおにぎりは、とても大きい。琴美は大きく口を開け、般若《はんにゃ》のような形相でそれを食べるのだが、毎日見ているのにその様子が面白くて、美鈴と花しすは、いつも、笑うのだった。

「ことちゃんのお母さん、手大きすぎひん?」

「大きないで、足のサイズ二二・五やもん。」

「足のサイズと手のサイズって連動するん?」

「どっちも体の先端やん。」

「なにそれ!」

花しすは、今朝、自分で作った弁当を食べている。冷凍のから揚げ、ウィンナー、ブロッコリーとプチトマト。卵焼きも焼きたかったのだが、寝坊してしまったので、あきらめたのだ。母はすでに働きに出ていて、いなかった。

祖母が死んでから数週間、母は、魂が抜けた人のようになっていた。

母はずっと、祖母の介護をしてきた。その対象がいなくなって、よりどころをなくしたのかもしれないが、それにしても母は、まるで自分を介抱し、助けてくれた人を失ったかのように見えた。

祖母がまだ生きているとき、母はほとんど、祖母から離れなかった。家にいるときは台所か、台所の隣にある、祖母の部屋にいた。洗濯物を干すときや、家の掃除をするときも、数分に一度は手を止め、祖母の様子を見に行ったし、ケアワーカーが来ているとき以外は、買い物にも出かけなかった。

母の急な集中に、はじめ、花しすは安堵《あんど》するより先に、戸惑った。ふらふらと出かけていた母の、あの所在ない感じは跡形もなくなり、花しすが見たこともない気概と生命力をもって、祖母に触れていた。

学校から帰って来ると、祖母の部屋からは、必ず母の気配がした。扉の隙間から覗くと、母は熱心な顔で、祖母の面倒を見ていて、花しすはなんとなく、声をかけることが出来ず、いつも、しばらく、ふたりの姿を見ていた。

祖母の腕には、ホットプレートの上に倒れたときの、火傷の痕《あと》があり、自分のせいではないのだが、それを見ると、花しすは胸が痛んだ。母も、その火傷を見ると、いつも、わずかに苦しそうな顔をした。あの瞬間、自分がその場にいなかったことを、悔いているのかもしれなかった。

母は花しすにするように祖母を撫でるのだったが、その火傷の痕は、優しく指で掻《か》いた。そうされると、祖母は気持ちがいいのか、うう、と、声を出すことがあった。母は、そのうめき声に、「そう」と返事をしたり、同じように、「うう」と、唸《うな》ったりした。花しすにはそれが、母と祖母、ふたりだけにしか分からない、言語のように思えた。

そして、ふたりのその姿は、花しすに「幸福」という言葉を思い起こさせた。祖母は、父の母だった。つまり、祖母と母との間に、血のつながりはなかった。でも、母の姿は、祖母を思いやる優しい母以外のなにものでもなかったし、母を見つめる祖母は、母に絶対的な信頼を寄せている、子どものようだった。

母は花しすに気づいても、黙って覗いていたことを責めなかった。

「おばあちゃんに、ただいま、て言いなさい。」

花しすが母の言う通りにすると、祖母は今度は、花しすのことを、じっと見つめた。左目だけ潤んでいるまなざしは、花しすを通り越して、どこか遠くで彷徨《さまよ》っているようだったが、花しすはこの場所が、足りないものも、過多なこともない、完全な空間のような気がしてならなかった。

だから母が父と離婚したとき、花しすはちっとも落胆しなかった。祖母がいたときも、父はほとんど存在意義を持っていないようなものだった。祖母がいなくなった今、バランスを欠いた花しすの家では、父はなおさら、必要ではなかった。

父は父なりに、花しすを愛してくれた。誕生日やクリスマスには、きちんとプレゼントをくれたし、運動会や参観日などにも、必ず顔を出していた。だが、花しすが小学校に入った頃から、なんとなく、花しすを避けるようになった。はっきりとした変化ではなかったが、花しすが簡単に甘えることが出来ない空気をまとうようになった。目が合うと笑いかけてくれるし、学校はどうだ、と、話しかけたりもしてくるのだが、どこかよそよそしく映ったし、そのような気配を察してからは、花しすから父に接しようとすることも、なくなった。

両親が離婚して、その頃から、父に恋人がいたことを知った。そのことに対して、父は自分に罪悪感のようなものを持っていたのではあるまいか、高校生になった花しすは、そう思った。そして、母がふらふらと外に出かけるようになった時期とそれが重なっていたことに思い至り、花しすはやっと、母の思いを、そして、祖母の言った、

「お母さんは、ちょっと疲れてるねん。」

という言葉の意味を、知ったのだった。

祖母が亡くなって、抜け殻のようになっていた母だったが、父との離婚が成立してからは、自然、働かざるを得なくなった。

母は、祖母の介護の経験を生かし、介護福祉士の資格を取った。それからの母は、

見ものだった。精力的、という言葉がぴったりの働きぶりを見せた。朝早くに起き、掃除と洗濯を済ませ、花しすが目覚める少し前に、家を出る。夜は18時まで働き、帰りにスーパーで食材を買って、帰って来てから夕飯を作り、職場の日報を書いた。

かつての母、大人しく、父に言い返すことも出来なかった母は、幻のようだった。明るく、生き生きとした表情になり、大らかになった。相変わらず、自然食品にこだわり、家事もこまごまとよくやったが、以前のような切羽つまった様子ではなかった。母は楽しそうに家事をやり、忙しければ忙しいほど、生命力を増した。

花しすもよく、母を手伝った。昔のように、花しすが手伝うと、大げさに喜んでみせ、涙ぐみさえした母より、ありがとう、と一言で言ってくれる母のほうが、花しすは一緒にいて、心安かった。

高校に入ってからは、自分の弁当を作るようになった。母はそのことにも簡単な感謝の言葉を述べただけで、そうすることはとてもいいことなのだと、花しすに諭した。

「ひとりで何でも出来ておくっていうのは、花しすにとっても、ええことやねんで。」

そう言う母の表情は、何故か、亡くなった祖母にそっくりに見えた。

お弁当をつつきながら、やはり卵焼きが欲しかった、と、花しすは思った。それか、開いた油揚げに卵を落としいれ、出汁《だし》で煮たもの。それは花しすが最近好んで、よく作るものだった。

「次なんやっけ。」

「倫理。」

「やったー！」

「五時間目の倫理は最高やな、めっさ寝たるねん！」

「でも、新田の話おもろいから、うち結構聞いてまうねんけど。」

「分かる、新田おもろいよなぁ。狂ってるよなぁ。」

倫理の教師は、新田人生という変わった名前の老人で、最初の授業の日に、今日は雨だからと言って、授業の半分を自習にしたのだった。それ以降も、授業とは名ばかりで、政府の悪口やアメリカの悪口ばかりなどを漏らし、テストはここが出ますから、と告げて、本当にその通りなので、生徒は皆、新田のことが好きだった。

「新田って天体観測部の顧問らしいで。」

「へぇ。倫理て関係ないやんなぁ。」

「部活に全然来ぃひんって。」

「せやろなぁ。」

「ていうか、天体観測部ってなに、そんなんあるんや。」

「みぃちゃんひどいな。」

中庭は四方を校舎に囲まれているので、普段あまり日が差さないが、昼休みだけは太陽が真上に昇り、とても気持ちのよい場所になる。すでに昼ごはんを食べ終わったのだろうか、他のクラスの女子生徒がバドミントンをしていて、ふわふわ揺れるスカートの下から、ちらりと、スパッツが覗いている。

渡り廊下を、上級生たちがパンを食べながら歩いて来た。その中に、美鈴のことを気に入っているという噂の、陸上部の男子生徒がいて、美鈴を見つけると、こちらへやって来た。

美鈴は、目の前を通る男子生徒に目もくれず、母が作ったという蒸しパンを頬張り、琴美は膝に落ちた米粒を拾って口に入れている。花しすは、美鈴を見ながら通り過ぎて行った男子生徒のスリッパの、後ろ半分が切られているのを、じっと見つめた。花しすらの通う高校では、上靴はなく、代わりにトイレで使うようなスリッパを履く。

陸上部員は、そのスリッパの後ろ半分をわざと切り、常につま先立ちをしているような状態にするのである。なので、女子部員のふくらはぎには、はっきりと筋肉が浮かび、それがいい、と言う男子生徒と、それが嫌だ、と言う男子生徒がいる。

花しすは中二の冬、陸上部を退部になった。

畑瑞樹と共に、学校帰りに公園で炭酸飲料を飲んでいるところを、見つけられたのだった。瑞樹と寄り道をし、あまつさえ炭酸飲料を飲んだのは、それが初めてではなかった。

きっかけは何だったのだろう。

たった2年前なのに、あの頃のことは、花しすにとっては、膜がかかったようにおぼろげだ。面白い男の子がいて、その子を瑞樹に会わせたのが最初だった気がする。その男の子が飲んでいるジュースが美味しそうで、それで思わず、飲んでしまったのではなかったか。

見つかった日の寄り道は、瑞樹から誘ってきたものだった。それははっきり覚えている。

そのことが原因で、ふたりが退部になったので、瑞樹は随分落ち込み、また、彼女は花しすと違って、有望なハードル選手であったので、花しすも、申し訳なく思った。お互いに詫《わ》びたが、それがきっかけで、段々疎遠になり、中学三年でクラスが分かれてからは、廊下で会っても、話をしなくなった。申し訳ないという思い、そして、自分の道を断たれたショックで、お互いを見たくなかったのだと、今になって思う。

瑞樹は私立の高校に進み、花しすは公立の、この学校に入学した。中学の同級生が数人いたが、その誰もが、花しすと仲の良かった生徒ではなく、中学時代の花しすのことを口にするようなこともなかった。過去のことは、どんどん遠くなった。忘れてしまったのではなく、花しすが意図して、忘れようとしていたのかもしれなかった。

花しすは部活に入らなかったし、個人的に走ることもしなかった。ひとりで自分を育てている母のために、アルバイトが出来るからいいのだと、思うようにしていた。

だが時折、陸上部員の盛りあがるふくらはぎを見たり、トラックを走る部員の、コーナーを斜めに体を倒して過ぎ去っていく様子を見ると、みぞおちのあたりを、誰かにつねられているような気持ちになった。

有望な選手ではなかったが、花しすは走ることが好きだった。すごく好きだった。

「なあ、うち昨日、これ見に行ってん。」

琴美がポケットから取り出したのは、くちゃくちゃに折れ曲がった、何かのチラシだった。

「何それ。」

手に取って広げると、紙粘土で出来た白いちゃぶ台の周りに、紙粘土で出来たのっぺらぼうの人が座っている写真、その隣に、『劇団　はくし　新作公演』と書いてあった。

「何これ。」

「舞台。昨日見に行ってん。おかんが好きでさ。」

「ああ、言うとったなぁ。」

琴美の母は、美術大学の講師をしており、演劇が好きで、小さな頃から、よく琴美を連れて舞台を見に行っていたらしかった。

「いつもおもんないわぁ、て思っててんけど、それ、めっさおもろかってん。」

「そうなんや、どんなんなん？」

「うーん、なんか、話らしい話はないねん。四人がちゃぶ台囲んでて、それも、年寄りの人が子ども役やったり、若い女の子が父親役やったりするねんけど、それで、会話？　するんやけど、それもあんまり意味のない会話で。」

「え、全然おもんなさそうやん。」

「せやろ？　うちも最初寝たろか思てんけど、なんか途中から、全然寝られへんなって、なんていうか、事件が起きるとかと違うんやけど、その四人の感じが、難しいんやけど、うわーって迫ってきて。」

「何それ。」

「すごいなぁ。ことちゃん芸術家やもんなぁ。」

そういったことにまったく興味がない美鈴は、チラシを手に取ることもしなかった。ちらりと見て、ほんまにおもろいん、と言った。

「おもろいって、今度見に行こうや！　また年明けにやるって。」

「えー、うち絶対寝てまうわ。」

「寝てええから。みぃちゃん美人やから、女優さんにスカウトされるかもせぇへんで。」

「いらんわー。」

「なんで、イケは行くやろ?」

「バイトなかったらええよ。」

「行こうや、なんかイケに見てもらって、なんでうちがあんな驚いたんか、教えてほしいねん。」

「なんでうちが分かるん。」

「え、イケ人のことちゃんと見てるし、観察眼いうのん、それがあるし、分かるんちゃうかと思って。」

チラシには、小さく出演者の名前と、そして、公演のタイトルが書いてある。

く
ふ
う
こ

こんな風に、空から降ってくるように、書いてある。

ふと見ると、先ほど前を通って行った陸上部の男子生徒が、こちらに戻って来た。美鈴はちらりと彼を見たが、再び目を伏せた。でも、男子生徒が目の前に立つと、顔をあげざるを得なかった。

男子生徒は、「あのさぁ」と、声をかけた。花しすと琴美は、その場を離れようかどうしようか迷って、結局チラシの文字を熱心に読む、というところに落ち着いた。でも、当然、文字は、頭に入ってこなかった。

「今日の放課後、新館の冷水んとこ来てくれへん。」

男子生徒の声は、少し怒っているように聞こえた。美鈴がどのような表情をしているのかは分からなかった。でも、男子生徒がその場を去らなかったので、意思表示をしていないのだろうと思った。

「こうふく。」

琴美が小さな声でそう言い、花しすはチラシを見るふりをしていたが、いつの間にか、母が祖母を見つめ、その視線に祖母が応えていたあの空間を、思い出していた。

2011年　12月21日

家に戻ったときは、11時を過ぎていた。

自分の仕事は終わっていたのだが、朝比奈の仕事を手伝ったのだ。一二タイトルを九タイトルにするという、くだんの仕事である。

「ごめんね、今週中にって言っちゃったけど、明後日の金曜は休みなんだね。」

朝比奈はそう言って謝ったが、花しすは、つい昨日朝比奈が、恋人と、23日と24日は会えるかもしれない、と言っていたことを思い出した。会えなくなったのかもしれない、と思ったが、朝比奈が言わない限り、花しすから朝比奈に「そのこと」を聞くことは、今まで、一度もなかった。

「池ちゃんおかえり。」

さなえは風呂に入った後だった。濡《ぬ》れた髪をバスタオルで巻いたまま、ストーブの前であたたまっている。

「寒かったやろ、あったまり、あったまり。」

さなえの首には、くるくると巻きついている、あの白いものがあって、さなえの膝に乗ったジャグジーが、それを肉球でつついている。ベンツはさなえの足元で香箱を作っていて、花しすと目が合うと、じっと見つめ返してきた。

手のひらをストーブに近づけると、じわじわとあたたまってきた。手のひらに血管が通っているということを痛感する。その瞬間が過ぎると、必ず見たくなるのは猫の肉球で、花しすは、さなえの首の白いものを熱心につついているジャグジーの前足を、凝視してしまうのだった。

「池ちゃんココア飲む?」

「わあ、ありがとぉ。」

花しすはやっとコートを脱ぎ、腰を下ろした。昨晩、さなえがいない家に帰って来るのも、珍しいことで嬉しかったが、自分はやはり、さなえが「おかえり」を言ってくれる家に帰って来たいと思う。さなえの入れてくれるココアは、こっくりと濃く、あたたかい。とても喜んでくれたロールケーキは、きちんと、可愛い皿に載せられていた。

「こういうことよなぁ。」

花しすが言うと、さなえが、何が、という顔をした。

「さなえちゃんの、こういうところが、モテやと思うねん。」

「何それー。」

「こうやって、ロールケーキをきちんとお皿に入れるとこ。」

「そんなん普通やん。」

「いや、普通やないよ。うち昨日早く帰ってきてな、サニ屋で惣菜買うて帰ったんやけど、ていうか、惣菜を買う時点でもうあかんねんけど、そのまま、お皿にも移さんと食べたもん。」

「うーん、どやろ。さなえちゃんやったら、絶対お皿に移すやろ?」

「ほんま。でも私も、面倒なときはそのまま食べるで。」

「うん、ほんまやで。」

さなえはそう言いながら、ココアを花しすに手渡した。花しすはありがとぉ、と言いながら受け取って、一口すすった。甘い。

「美味しい!」

「美味しいよなぁココアって。麻薬。」

麻薬、という言葉で、花しすは中学の頃飲んだ、炭酸飲料の味を思い出した。思い出して、胸が苦しくなった。

「仕事忙しいん、池ちゃん。」

「うーん、せやなぁ。まあ、今が特別っていうことはないんやけど、こういうイベント前って、結構忙しいかも。あとはバレンタインとか。」

「なんで？」

「恋人おらんくて寂しい人たちがよう見るから、見る人はほんま毎日見るから、ちょこちょこ内容変えたりせんと飽きられるらしいわ。」

「毎日変えるん？」

「毎日やないけど、せやなぁ、女の子ようさんおるふりするために、おんなじ女の子なんやけど、変装させて、名前変えて載せたりもするねん。」

「そうなんや！」

「うちらやってるん外国人専門やん？　目の色と髪の毛の色変えたら、案外分からんもんやねんて。」

「へぇー。池ちゃんも気づかへんときあるん？」

「あるある！　朝比奈さんの話、したよな？　朝比奈さんはそういうとこ、ほんまよう気づくねん。うちは変な話、下半身しか見てへんねんけど。」

「あはは。」

「でも朝比奈さんは、このキティって、前載せたエリスと同じ子、とか、すぐ分かるみたい。」

「他の人も？」

「うーん、実際画面見て作業するんはうちと朝比奈さんだけやからなぁ。でも、黒川君っていう男の子、話したよな？　アルバイトの子。その子も結構気づく。コーヒー置いてくれるときとかに、あ、このイザベラって、ナディアですよね、とか。」

「すごいなぁ！　でも、前も思ったけど、男の子って嫌やないんかな。その、下半身丸見えなんやろ？」

「見慣れたんやないかなぁ。でも独特の枯れた感じがあるかなぁ。」

「その子、若いんやろ？」

「うん、二十……四かな？　まあ、若い子なりに、好きな女の子はこういうタイプやとか、あとはインディ映画好きとか、そういう、若い子特有の自分自分ていう感じの話し方はするんやけど、でも、なんていうんやろう。本人が心から喋ってるっていう感じがせぇへんねんなぁ。」

「どういう意味？」

「うーん。なんやろ、自分が24歳やから、24歳らしく喋らな、みたいな感じで喋ってる感じがするというか……。」

「へえ！」

「分からんで、分からんで、なんとなくそういう気がするだけ。」

「池ちゃん、人のことほんまによう見てるから、当たってる気がするわ。」

「いやいや、全然やで全然。」

「あれ、もうひとり、男の人おらんかった？」

「新田さん？」

「せやっけ。その人も、枯れてるん？」

「うん、枯れてるっていうか、新田さんって、なぞやねん。」

「どういうとこが？」

「うーん、ほとんど会わへんいうのんもあるんやけど、いまいち人となりが分からへん。ぼんやりしてはるように思うし、でも仕事出来はるし、全然喋れへんねんけど、たまに面白いこと言うて、黒川君やうちのことを、からかってきはる。」

「へえ、顔はどんなんなん？」

「顔、顔なぁ。あー、なんか、ちゃんとよう言わんわ。多分さなえちゃん、一回会うただけやったら、覚えられへんと思うで。」

「失礼やなぁ。」

「だって、ほんまやもん、特徴ないっていうか。新田さんのこと思い出すときって、のっぺらぼうやねん。会うと、めっちゃこの顔、この顔って思うんやけど。」

「存在感薄いってこと？」

「ううん、薄いわけやないねん。一緒におると、逆に、めっちゃ存在感あるんやけど、会わへんと、ていうか、離れると、忘れてまう人って、おらん？」

「あー、ちょっとちゃうかもしれんけど、中学んときの同級生とか、そんな感じかも。めっちゃ仲良くて、いつも一緒におって、よう笑った、ていうんは、はっきり覚えてるのに、今になったら、それもぼんやりしてるっていうか。顔とか、なんで仲良かったんかとか。違うか、違うよなぁ？」

「うん、ううん、違うことない。分かる、そういう感じに近いんかも。会うてるときは、はっきり新田さん、て思ってるのに、今なんて、もう、忘れてしもてるねん。それって失礼かな？」

「うーん、新田さん本人には、言わんほうがええんとちゃう？」

　さなえは、ココアを飲みながら笑った。自分の知らない会社の、知らない人の話なのに、こうやって根気よく付き合ってくれるさなえは、本当に優しい、と、花すは思った。

「さなえちゃんは？　年末、仕事忙しい？」

「うーん、せやなぁ。新規の部屋探しに来るお客さんっていうよりは、家賃滞納してるお客さんに催促しに行くのが忙しいみたい。」

「あーなるほど！　年末やもんなぁ！」

「せやねん、年越されへん人って、結構おるんやなぁと思うで。」

「家あるん幸せやなぁ。」

「なぁ。あ。」

「何?」

「あんな、うち23日から二泊家空けたいねんけど、いい? ジャグジーとベンツのこと、面倒頼んで。」

「いいよいいよ、うち何も用事ないし。彼氏?」

「そうやねん。」

「ええなぁ! 何してる人?」

「塾の先生。」

「その人も店で出会ったん?」

「せやねん。」

「すごいなぁさなえちゃん!」

ふたりの会話が煩《うるさ》いのだろうか、ジャーが尻尾をばしん、とさなえに叩きつけ、甲高い声で鳴いた。

「ジャーどないしたん。」

さなえが頭を撫でると、目を細めた。さなえの手は白く、えくぼが浮かんでいて、柔らかい、お菓子のようだった。

「ジャーはさなえちゃんに甘えてるんやろ、なぁ?」

花しすの声に、今度はベンツが尻尾をばしん、と動かした。

「あかんわ、うち嫌われてるみたい。」

「何言うてん、この子ら池ちゃんのこと大好きやで。池ちゃんが帰って来るとき、耳ピンってなるもん。」

「そうなん。でも、圧倒的にさなえちゃんのことが好きやんなぁ。さなえちゃんのことをお母さんと思ってるんやろうなぁ。」

言ってから、あ、と思ったが、顔には出さないでおいた。さなえも別段変わった様子を見せず、ゆっくりココアをすすってから、ロールケーキを頰張った。

「あかんわ池ちゃん、止まらへん。」

花しすはさなえを見て笑い、あたたかいココアを飲んでから、この勢いで、風呂に入ることにした。

風呂に入るといっても、花しすとさなえは、寒い冬でも、ほとんどの夜をシャワーで済ませる。浴槽が小さいのと、追い焚きが出来ないからだ。

最初は寒いが、浴室自体が狭いので、熱いシャワーを出していると、すぐにあたたかいサウナのようになる。住み始めには、さなえと花しすは別々のシャンプーなどを使っていたが、いつの間にか同じものを使うようになった。さなえのふわふわしたパーマへアーと、花しすの「ヘルメッ!」に、そんなに違いはないらしい。

ふたりの違いは、さなえは化粧をしているが、花しすはしていないということで、さなえ用の「濡れても使える」と書かれたメイク落としを、だから花しすは、使ったことがなかった。いつかふたりで選んだ石鹼を泡立て、全身に使うだけである。

花しすは髪を洗い、顔を含めた全身を洗い、という一通りの手順を終えると、シャワーヘッドを右手で持ち、体から少し離して見つめた。

湯はシャワーヘッドから勢いよく飛び出し、花しすの下腹に激突する。全体を見ていると、とても速いが、一粒を意識して見ると、まるでスローモーションのように見え、腹に到達する前に消える。ほとんど消える。

ではどうして、下腹にこんなに湯が当たっているのだろう、と思うのだが、すぐに分かる。肉眼では、一粒を最後まで追えないのだ。途中で他のものと混じって、見えなくなるのだ。飛び出してゆく瞬間ははっきり見えるのに、どうしても見えなくなる。花しすの中ではやがて見えなくなるという感じだが、我に返って湯全体を見ると、たちまち見えなくなっている。

花しすは何度も、湯の一粒を見るのと、湯全体を見るのを、交互にやり続けた。同じ速度、同じ湯なのに、まったく違う時間、まったく違うものに見えた。

花しすは風呂を出る前に、シャワーヘッドを自分の顔に向けた。

すぐに目が開けられなくなって、目をつむると、予想以上に視界は明るく白く、湯がまぶたごしに眼球を打った。ヘッドを少し下に向けると、首に当たった湯が、だらだらと体を伝って流れてゆくのが見えた。体に当たるともう、粒は見えない。「流れ」になる。ある「流れ」は太ももでつるりと方向転換をし、ある「流れ」は、ほとんどまっすぐ臍《へそ》を伝って、陰毛に飛び込んで行った。

花しすは、少し薄い自分の陰毛を見ながら、イヴリンのことを思い出した。あんなに濃い、青年期の黒猫のような陰毛は初めてだった。今この瞬間、花しすがこうやって、シャワーヘッドから飛び出してくる湯の粒を捉えようとしているこの瞬間、イヴリンは何をしているのだろう。花しすは、

「イヴリンよ。」

と、声に出した。小さな浴室に、それは思いのほか大きく、響いた。

風呂から出ると、テーブルの上は綺麗に片付けられていて、さなえもベンツもジャグジーもいなかった。だが、物音に気づいたのだろう、さなえが自室から、

「池ちゃんおやすみ。」

と言ってくれた。花しすも、おやすみ、と返した。

もうドライヤーは遠慮することにして、花しすは濡れた髪のまま、ベッドにもぐりこんだ。ポケットのレコーダーを取り出し、ボリュームが最小になっているのを確認

して、一から再生してゆく。

いつもの場面だ。下北沢のパン屋でのやり取り、事務所での挨拶、風の音、パソコンのキーを叩く音、マウスを動かすわずかな音、エンジン音、電話が鳴る音。

「……痛い……。」

「なんすか、風邪っすか？」

「違う、二日酔い。」

「月火と飲むなんて、頭悪いんじゃないんすか。」

「だって、早く終わって嬉しかったんだもん。」

「私も昨日、嬉しかったです。」

「池井戸さんも？」

「はい。だから、飲みに行きたいなぁと思ってて、でも、忘年会の次の日やし、迷惑かなぁと思って。」

「なんだよー、誘ってよー。あたし下高井戸で飲んで、歩いて帰れるからって2時まで飲んじゃったよ！　なんだー、幡ヶ谷なら終電までとかでさくっと飲めたのにー。」

朝比奈の声は、少し嗄れていて、花しすのポケットに入っていたレコーダーなのに、花しすの声より、大きく聞こえる。朝比奈は、感情が表情に出やすい。腹を立てているときは、腹を立てている顔をするし、何かたくらんでいるときは、子どものように笑う。その表情の豊かさが、そのまま声に現れているように思う。

それに比べて花しすの声は、表情に乏しい。抑揚がないというか、どのような感情でいるのかが、あまり分からない。それがまた、他人に「のんびり」した印象を与えているのではないだろうか。花しすは自分の声に、耳を澄ませた。

「なんだよどんなカフェだよ。ていうか、カフェで軽く飲むなよ。カフェで軽く飲むってなんだよ。」

「黒川君はお洒落なんやなぁ。」

「ヘルメッ！」

「じゃかましわ。」

カタカタとキーを叩く音、ジジジとファックスが届く音、窓がきしむ音、風。

「疲れへんのかなぁ。」

「え、誰が？」

「……この人、こんな体勢で。」

「どれ？　ああイヴリン。」

「何、また喋ってんの。」

「あ、はは、いやー。」

自分はあのとき笑ったのに、そう聞こえない。朝比奈の笑い声は、こんなに生き生きと響くのに。花しすは寝返りを打って、右の耳に、レコーダーを近づけた。暗闇の中、ベンツかジャグジーが、にゃあ、と鳴く声が聞こえた。

「年は、一応22くらいってことになってるんじゃない？　でも、ほんとのとこは分かんないよね。」

「まじでない、まーじーでーない。」

「黒川うるさいよ。」

あたたかい布団の中でも、胸が、ぎゅう、と締め付けられた。朝比奈の声は、「怒って」いた。

あのときの空気を思い出して、あ、と、声をあげたくなる。自分が言われたことではないのに、朝比奈のしんと冷えた声に、殴られたような気分だ。

でもこの空気は、今感じているこの空気は、実はもう過去のもので、もうここには存在しないのだ。「今」は、刻々と動いている。過去の「今」を聞いている「今」も、もうここにはないのだ。自分は次々と、新しい「今」に身を浸している。それは避けられない。過去の「今」を忘れてしまうのは、だから当然とも言える。でも花しすは、そのことに、わずかでも抗いたいような気持ちだった。自分が確かにいた過去の「今」を、少しでもこの「今」に、閉じ込めておきたかった。

花しすは、速やかに過ぎて行った「今」を、もう一度体感するように、何度も再生ボタンを押した。何度も何度も押した。

2002年　7月5日

合コンに参加したのは、初めてのことだった。学部の友人である富士あかりが、アルバイト先の男子学生と話をつけ、開催に至ったのである。参加したのは、あかりと花しすの他に、同じく学部生の北浦紗枝と小城敦子である。

向こうも四人来る、ということで、それは当たり前のことなのかもしれないが、花しすは、人数を合わせる、ということに、異様なプレッシャーを感じた。

待ち合わせは7時に新宿駅東口、雨が降っている。紗枝は癖のある自分の髪の毛が広がってしまう、と、トイレで、何度もコテを当てていて、その点花しすは、髪の毛を後ろでひっつめてしばっていたので心配はないのだが、化粧をしていない自分の顔が、他の三人に比べて、随分みすぼらしく思えたのが、憂鬱だった。まだ来ていない四人に、もう、申し訳ないような気持ちに、なるのだった。

濡れるのが嫌だから、と、交番前の、屋根のある場所で待っていると、7時ちょうどにあかりの携帯電話が鳴り、どこにいる、交番の前、何色の傘、などのやり取りの後、四人が現れた。そのときも花しすは、本当に四人来るのだ、と思った。ほとんどひるんだ。

杉浦は、歌舞伎町の雑居ビルにある居酒屋を予約してくれていた。上京してまだ4ヶ月の花しすは、歌舞伎町という場所にも、そのとき初めて、足を踏み入れたのだった。

大阪にも、いわゆる盛り場はあった。だが、歌舞伎町は、そのどれとも違った。派手なネオンや建物、町自体の規模に対して、音が小さすぎるように思った。こんなに、隅々まで明るいのに、それでもふと目をやると、ぽっかりと暗い空間がある。つまり怖かった。

花しすの前には、紗枝と敦子が同じ傘で並んで歩いていて、その前に男の子が三人、それぞれ腰のあたりに白いものが巻きついていて、先頭に、あかりと杉浦が、ふたりの体で白いものをはさむような感じで、歩いている。

杉浦は、ジーンズを、腰というより、ほとんど尻まで降ろしてはいていて、花しすはそのことが、歌舞伎町にいる誰かの、悪い注意を引くのではないかと心配だった。だが、時折居酒屋の客引きにはあったが、それ以外の注目はなく、雨がギラギラとしたネオンを滲ませていて、歌舞伎町は花しすらに、徹底的に無関心だった。

居酒屋は広かった。トイレに行くと、席に戻るのに、迷いそうなほどである。

花しすは、四人の顔より先に、自分の部屋の位置や目印を確かめた。そして、「ろ四」と書かれた靴箱の札を、自分のバッグに、失くさないようにしまった。緊張していた。

ドリンクが運ばれてくる間に、簡単な自己紹介をした。花しすが名を言うと、男の子四人が、少しざわついた。

「珍しい名前だなぁ！」

杉浦が大きな声で言い、

「私ら池ちゃんって呼んでるよ。」

あかりが笑った。

すると、花しすの前に座っていた男の子、右の肩に白いものが乗っているのだが、彼が、池ちゃん、と、確かめるように言ったので、花しすは思わず彼を見た。その男の子は、名前を新田人生といった。女の子たちに、口々に、変わった名前！と言われていた。花しすは何も言わず、同意するように笑った。

「じゃあ。」

「うん。」

「かんぱい！！！！」

酒を飲むのも、花しすには初めてのことだった。

大学に入ると、新歓コンパなどに誘われ、花しすも二度だけ顔を出したことがあるが、二度とも花見で、花しすはずっと、カルピスかファンタを飲んでいた。法を犯しているということより、歌舞伎町という場所に、知らない男の子たちと来ているというこの状況に、すでに大きな罪悪感があった。ビールを一口飲むと驚くほど苦く、二口飲むと仕送りをしてくれている母の顔が、煙草を取り出した新田人生を見ると、死んだ祖母の顔が浮かんだ。

杉浦は坊主頭のひょうきんな男の子で、女の子たちに、おしなべて気を使ってくれた。あかりの好みの顔ではない、ということだったが、敦子は、杉浦を気に入ったようだった。

杉浦の隣には、リョウタ、という丸顔の男の子が座り、天然だと皆にいじられていて、その隣にはスケと呼ばれている、顔に傷のある男の子がいて、楽しそうに笑ってはいるのだが、折々、やたらと携帯電話をいじくっていた。

その隣が、新田人生だった。新田人生は、もしかしたら四人の中で、一番綺麗な顔をしているかもしれなかった。対角線上にいるあかりや、花しすの隣の紗枝が、彼にばかり話しかけているので、花しすがハラハラした。

花しす自身は、誰がいいとか、そういうことは、何も考えることが出来なかった。初めて会う人が四人もいて、それも異性で、初めて歌舞伎町に来て、初めて酒を飲んだのだ。もう、いろいろと、許容範囲を超えていた。

花しすは誰かが言うことに声をあげて笑い、話しかけられたら丁寧に答え、つまり、誰の感情も害さないことに決めていた。

いつの間にか皿に転がっていたから揚げが、油できらきら光っている。これは自分で皿に取ったのだったろうか。花しすはわずかに新田人生を見たが、新田人生は、紗枝に話しかけられたことに答えていて、花しすのほうを、見なかった。

「池ちゃんって、大阪の子？」

杉浦が、急に花しすに話しかけてきた。杉浦は声が大きいし、杉浦と花しすの席は対角線上なので、自然皆が話すのをやめ、花しすが話すのを聞くことになった。

「うん。南のほう。」

花しすは三杯目のビールを飲んでいるところだった。自分は酒に強いのかもしれないと、このとき初めて思っていた。

「いいよね、大阪弁。俺好き。」

「俺もー。京都の子とかいいよなぁ。」

「あたしとか埼玉でごめんって感じ。」

「出た埼玉コンプレックス！」

「うるせー。」

「ねぇねぇ池ちゃん、ありがとう、って言ってみて。」

「ありがとぉ。」

「いいよなぁ、そのイントネーション。なごむわー。」

「池ちゃんは、あたしらのなごみ系だよね。」

「そう、そう。初めて学部で会ったときから、もう、これ、この感じ。ぷわーん、て。」

「ぷわーんて、何か、におってくるみたいだね。」

「受ける！　ほんとだー。」

「違う違う、ごめん！　なんて言えばいいの、ぷ、ぽ？」

「ぷ、ぽ、って何⁇」

「ぽ、ぽわーんだ、ぽわーん。」

「うち、元々太ってたから。あの、ほんまに、ぽわーんやったから。」

「うそっ、今細いじゃん。」

「昔は肥満児やってんで。」

「そうなんだ！　見えねー。」

「本当見えない！　どうやって痩せたの？」

「私も知りたい！　教えて、池ちゃん。」

「何言ってんの、紗枝とか超細いじゃん。」

「細くないよー、腹とかやばいよ。」

「紗枝がやばかったら私とか脱げないよ。」

花しすは、気づかれないように深く息を吐いてから、ビールを飲んだ。皆、顔が真っ赤になっている。

「ねえねえ、新田君って血液型何？」

「なんだよー、あかりちゃんさっきから新田にばっか話しかけるじゃん。新田狙いなの？」

やだ、やだ、と、照れるあかりを、紗枝が、少し笑いながら見た。見ると紗枝は、箸袋を無意識にいじくっていた。

「俺、血液型分かんないんだよね。」

「えー、そうなの、たまにいるよね！　でも謎めいてていいじゃん！　ね、池ちゃん。」

紗枝がそう言って、花しすに笑いかけた。小さく折られた箸袋を見ていた花しすは、驚いて、紗枝を見た。そして慌てて、笑った。紗枝の左耳が、右耳よりも赤くなっている。こうやって見ると、紗枝は、耳が随分横にせり出している。帽子をかぶると、耳が折れ曲がって痛いだろうな、と、花しすは思った。

「でもさぁ、怪我とかしたらどうすんの？　輸血とか。血液型分かんなかったら、輸血出来ないじゃん。」

あかりは酔っているようだ。グラスを持とうとして、持ち損ねている。

「不明なんじゃなくて、俺が調べてないだけだよ。」

あかりか、紗枝か。花しすは、新田人生に話しかけるのがどちらか、瞬時に予測をしてみた。

「調べないとか、そんなこと出来るんだー、産まれたら自動的に調べると思ってたよ！」

紗枝だった。折られた紙は、忘れられたように、紗枝のひじのあたりに、放っておかれている。とても小さな紙なのに、テーブルには影が出来ていて、花しすは、しばらくその影を見つめていた。

「知っても意味ないから。」

「なんで⁇」

「俺の家族、エホバだからさ、怪我しても輸血しないし。」

「えほばってなに？」

「宗教。キリスト教系の。」

「へー、そうなんだー、どうして輸血しないの？」

「禁じられてるから。」

「輸血を?」

「そう。」

「えー、変わってるねー。」

「やだ紗枝、エホバの証人知らないの?」

「しょうにん? 何それ、知らないよー。」

「宗教学取ってんじゃん。」

「えー、ほとんど行ってないしー。」

「ちょっと紗枝がそんなだったら、あたしたちまで同じように思われるじゃんかー。」

「迷惑なんですけどー。」

「ひどーい。」

花しすは、「今日ここにいれて楽しい」という顔を崩さないようにしながら、その場を、そっと離れた。トイレに行くつもりだったのだが、一度席を立つと、そのまま帰りたくて仕方がなくなった。そして、その帰りたい場所が、自分の一人暮らしの家だったので、はっとした。

一人暮らしには、すぐに慣れるだろうと思っていた。

花しすは中学から母とふたり暮らしだったし、母は働いていたので、家に帰っても、ひとりで夕飯を食べることがほとんどだった。

公言はしなかったが、母にはいつしか、恋人が出来たようだった。

恐らく、同じ老人ホームの職員だろう、と、花しすは思った。

花しすから見ても、母はそれまで、精一杯、母たろうと努力してきた。ふらふらと出かけていた時間を取り戻すかのように、母は、祖母の面倒を全力で見、花しすのために働き、生きてくれた。きっとそれは、母がかつて思い描いていた人生とは、まったく違うもののはずだった。

だから、母に恋人がいると気づいたとき、花しすはかえって、ほっとした。母は、母の思う人生を生きてほしいと思った。

大学を決めるとき、経済的に負担をかけるようであっても、いや、かえって負担をかけてでも東京に出ていくほうがいい、と思った。先にこちらが甘えることによって、母が自分から、自由になれれば、そう願った。

ひとりでいることには慣れていたし、母から離れて暮らすことに、花しすは何の躊《ちゆう》躇《ちよ》もなかった。でも、借りたアパートの一室に帰るとき、思いがけず寂しかった。そのことに、花しすは驚いた。何度か、泣いてしまいそうにもなった。

五月に入ったら慣れるだろう、梅雨の時期になったら慣れるだろう、そう思い続けてきたが、ゴールデンウィークを過ぎても、雨が降り出しても、花しすが帰りたいのは、母と一緒に暮らしていた、そして動かない祖母がいた、あの実家だったのだ。

でも今、歌舞伎町の居酒屋、このタイミングで、花しすは強烈に「自分の」家に帰りたい、と思っている。六畳の部屋、ホームセンターでまとめて買った、安いシーツとカーテン、丸いちゃぶ台、何より小さなベッドに、花しすはもぐりこみたかった。

そのことに小さく驚きながら、花しすはふらふらとトイレに向かった。酔うというのはこういうことか、と思った。頭の芯はあるのに、その周囲が滲んでいるような感覚だった。体温があがり、自分の舌から発熱しているようだった。

扉を開けると、奥の個室で、誰かが吐いていた。

付き添いの女の子が、大丈夫？と、声をかけている。扉を閉めておらず、付き添いの子は、体を半分個室からはみ出しながら、嘔吐《おうと》している子の背中を撫でていた。背中に乗っている白いものが、ぼわんと膨張している。花しすは、こそこそと、隣の個室に入った。

下着を下ろし、便座に腰を下ろすと、ああ、と、ため息が出た。今、自分の声は、結構大きかったのではないか、そう思ったが、それでもかまわなかった。しばらくすると、勢いよく尿が飛び出してきた。嘘だろうと疑うくらい、いつまでも止まらなかったが、花しすはいつものように、音消しのために、水を流すことをしなかった。

自分の排尿の音を、隣のふたりははっきり聞いているだろう、と思った。

薄い木を一枚隔てただけの向こうとこちらで、一方は嘔吐し、一方は排尿している。それがはっきり分かる。

おえ、おえええ、という苦しそうな声と、お茶飲みな、ね、という友人の熱心な声が、すぐそばに、本当にすぐそばに聞こえて、そのとき花しすは思いがけず、泣きそうになった。

このふたりの声を、自分はすぐに忘れてしまうのだろう。

今ここで聞いている、見知らぬ人の嘔吐の声と、それを心配する友人の優しい声を、今の自分は、はっきり聞いているのに、いつか忘れてしまうのだろう。簡単に。花しすはそのことを、たまらなく寂しく思った。

生まれて初めての酔いもあったのかもしれないが、それでもその寂しさは、花しすの体にしっかりと根を下ろし、まったく滲まなかった。

おえ、おええ。

大丈夫?

おえええええ。

花しすは右手で、ふたりがいるほうの壁に触れた。ポスターが貼ってある。自分たちが今いる居酒屋のチェーンの、ポスターだった。

たくさんの人が、ビールジョッキを手にして、満面の笑顔である。彼らの頭上には、

「かんぱい！」と書いてある。

！
い
ぱ
ん
か

こんな風に、空から降ってくるように、書いてある。

花しすはその文字をなぞり、ノックされてから初めて、トイレットペーパーに手を伸ばした。ペーパーはカラカラ音を立てながら花しすの手に巻きつき、花しすは、ペーパー以外に自分の手に巻きついている、白いものの姿を、じっと見た。

東京に出て来ても、それはついて来た。そして、東京の人たちの周りにも、それらは「いた」。あるものは頭部にまとわりつき、あるものは肩に乗り、おおよそふわふわしているが、やはり、決して、消えないのだった。

花しすは、ひとりで家に帰る道すがらや、慣れない教室の移動のときなどに、それが自分の周りを漂っているのを確認すると、安心した。孤独であることには変わりはなく、不安もたくさんあったが、それがいる限り、少なくとも、健やかでいられる気がした。

母には、三日に一度ほど電話をした。

でもそれも、段々間隔が長くなり、いつしか電話をするのを、忘れるようになった。忘れると、遠い大阪で、恋人と過ごす母親が、自分の親であるという感覚が薄れてゆくように思った。母の顔は思い浮かぶのに、その人が確実に自分の母親であるという事実が、遠くなった。

きっと母が、ひとりの女性であるということを、はっきり悟ったからだ。

止まらない嘔吐の声を聞きながら、花しすは、そんなことを思っていた。

2011年　12月22日

起きてすぐ、明日から三連休だ、そう思った。

昔から花しすは、休日前日の夜よりも、休日前日の朝のほうが好きだった。

夜は夜で、あとは休むだけだ、という解放感もあるのだが、それと同等に、罪悪感のようなものもあって、それはわずかだったが、確実に、花しすの胸を暗くした。

あまりに解放されると、かえって怖くなるのだ。

それに、目前に休日が迫ってくると、それだけ、休日の終わりも近いということである。だから花しすは、日曜の夜ではなく、土曜の夜から、もう憂鬱になることが、多かった。

その点、休日前日の朝は、翌日から休みということは同じでも、その前に働かなければならない、というところがいい。働いてきたのは一週間同じだが、休日前日の仕事に関しては、特別だ。この数時間の労働があってこそ、その対価で、やっと休日というご褒美をもらえるような気持ちになるのだ。

ベッドから出るとき、キッチンで人の気配がした。

さなえがまだいるのだ。時計を見ると、9時過ぎ。さなえの出勤時間を大きく過ぎている。さなえちゃん、と声をかけると、うーん、と、返事が返ってきた。

扉を開けると、キッチンはあたたかく、それはさなえがストーブをつけてくれているからだった。ベンツとジャグジーは、花しすが姿を見せても、ストーブの前で静止したまま、花しすのほうを、振り向きもしなかった。

「さなえちゃん、まだ会社行かへんのん？」

「うん。生理なって、お腹痛くて。お昼から行かせてもらうことにしたわ。」

「そうなんや。寝とかんで大丈夫？」

「うん、ありがとぉ。こうやってるほうが楽やねん。」

さなえはストーブの間近に椅子を置き、体を丸めている。随分小さくなった白いものが、それでもさなえの背中にしがみついていて、さなえは、子どものように見える。テーブルの上には、さなえが飲んだ薬の残骸《ざんがい》があった。市販のものではなく、病院でもらう薬だ。医師からピルを薦められたが、さなえは拒んでいると言う。

さなえの生理痛がひどいのは、よく知っていた。一度など、あまりに痛がるので、救急車を呼ぼうと思ったほどだったが、それはさなえが止めた。

「さなえちゃん、ココア飲む？」

「ありがとぉ。」

花しすは小さい鍋に牛乳を注ぎ、火にかけた。さなえがやるように、火を最小限小さくして、しばらく待っていると、やがて表面が、ふつふつと震え出した。まるで何かが生まれそうな、わずかな震えを、思わずじっと見ていると、あっという間に膨れ始め、しまった、と思ったときには、もう遅かった。牛乳が、鍋から大量に溢《あふ》れ出た。

「あ!」

あわてて鍋を火から離したが、コンロは白い牛乳にまみれ、床にまで、飛び散っていた。

いつものさなえなら、すぐに、池ちゃん大丈夫? と、席を立ってくれるはずだった。だがさなえは、椅子の上に三角座りをしたまま、その場を動かず、花しすが感じるには、わずかに、苛立っているように見えた。

花しすは申し訳なかった。牛乳すらうまくあたためられない自分が、情けなかった。

「ごめんな、すぐ片付けるから、すぐ新しいのん入れるから。」

「ううん、ええよ。」

乾いた声を聞いて、さなえの苛立ちが決定的になった、と思った。花しすは、ほとんど泣きそうになりながら、布巾《ふきん》でコンロを拭き、まだ牛乳の残っている小鍋を、流しで洗い始めた。

「ほんまごめんな、牛乳もあたためられへんで。」

「ええよ、大丈夫。」

さなえの声がこもっているのは、膝に顔をうずめているからだ。後ろ向きに立っていても分かった。足元では、二匹の猫が熱心に床を舐めていて、この子らがおったら床の掃除せんでもええな、などと軽口を叩きたいのだが、そうもいかなかった。

「さなえちゃん、大丈夫？　ほんま、ごめんな。」

さなえは、膝からわずかに顔をあげ、

「大丈夫。」

と言った。真っ白い顔を見て、本当に具合が悪いのだと思った。花しすが何か言おうとすると、池ちゃん会社行かんでええのん、と、重ねるように言ってきたので、これは、ひとりにしてくれということだと判断した。

「せやなぁ、まあ、ぼちぼちやなぁ。」

曖昧な返事をしながら、花しすは部屋にひっこみ、早々に準備を始めた。出勤するにはまだ早いが、事務所に行けば行ったで、何かとやることはあるのだ。

服を着替え、さなえのほうを見ないようにして洗面所へ行き、顔を洗って、歯を磨く。いつもと順序は逆なのだが、さなえは、花しすの朝のやり方は、知らないだろうと思った。二匹は床を舐め終わり、また定位置に戻って厳かに香箱を作っていて、その様子が、二隻の船のように見えた。

花しすが準備を終え、コートを取りにキッチンに戻ると、さなえが、

「池ちゃん。」

と呼んだ。なんとなくぎくりとしながら、花しすが返事をすると、さなえは、

「この生活、いつまで続ける？」

そう、言った。

花しすの頭によぎったのは、そこまで苛立っているのか、ということだった。一瞬だったが、自分の性を忘れ、女って面倒だな、とまで思った。

これまでもさなえが、生理で苦しんでいるのは見てきたし、おっとりした普段に比べ、イライラする傾向にあることも分かっていたが、このように一時的な苛立ちで、生活のすべてをくつがえそうとするなんて、いかにも女だ、と、花しすは思ったのである。

「この生活って、ふたりの？」

「そう。」

この会話も、まるっきり男女の会話だ。不穏な気持ちのどこかで、花しすはぼんやりそんなことを考えていて、つまりまったく、現実味が感じられなかった。

「いつまでって、えーと、そうやなぁ。決めてなかったもんなぁ。」

「せやろ。」

「うーんと、さなえちゃんは、どう思ってるん？」

さなえの背中に乗っている白いものは、先ほどより少し、大きくなっていた。ふわふわと揺れ、卵のような形になっている。

「うちもな、考えたことなかったんやけど、うちも池ちゃんも、いつまでも一緒に住むわけにもいかんなぁって、最近考えててん。」

さなえは落ち着いていて、先ほどのように苛立っているようには見えなかった。いつもの、ゆったりと落ち着いたさなえだった。それとも、苛立っているように思ったのも、花しすの勘違いかもしれなかった。牛乳をこぼした自分を、勝手に情けなく思い、勝手に苛立ち、それをさなえに、転嫁しただけなのかもしれなかった。

そういえば、会社行かんでええのん、という言葉も、さなえが花しすを気遣って、普段言いそうな言葉だった。

「そっか、せやなぁ、うん、考えたこともなかったなぁ。」

そうすると、今こうやって、さなえが自分に、生活の終焉《しゅうえん》をにおわせてきているのは、一時の感情でもなんでもなく、本気のことなのだ。花しすは、足を、ふわりとすくわれるような思いがした。

「会社行かんでええのん？」

「え、うん。大丈夫やで。」

「うちも30やんか。池ちゃんは、二十……八やんな？　今までうち、池ちゃんに甘えてきたけど、でもこのままふたりで、ていうわけにはいかんなぁと思うねん。」

「全然甘えてなんかないよ、うちやんか、甘えてるんは。」

「ううん、そんなことない、そんなことないよ。」

花しすは咄嗟に、ポケットに手をやった。

レコーダーの硬い質感を感じながら、そういえば自分は、さなえとの会話を、一度も録音してこなかったと思い至った。はっとした。

どうしてだろう。花しすは思った。自分は「忘れたくない」と思って録音を続けてきた、ように思う。刻々と変わってゆく「今」を、出来るだけとどめておきたいから、そうしているのだと思っていた。さなえとの「今」も、忘れたくない、決して置いて行きたくない、大切な「今」だった。でもどうして、その「今」を、閉じ込めておこうとしないのだろうか。

花しすの目の前で、さなえは、自分の体を抱きしめるように、体を丸めていた。

「今の彼氏、今までとちがって会社員やし、まじめやしな。」

「あ、結婚するん？」

花しすは咄嗟に、さなえと今の恋人であるという塾講師の、交際期間を考えた。花しすが考える限り、1ヶ月も経っていなかった。

「ううん、ううん。全然。そんな話出てないよ。ただ、なんていうか、うちがこうやって池ちゃんと暮らしてることで、彼氏を安心させてるんちゃうか、て思って。」

「どういう意味？」

「気ぃ悪せんといてほしいんやけど、誰か一緒に暮らす人おるんやから、寂しないやろう、て、思われてた気して。今までの彼氏に。」

「ああ、ああ。」

「うち、結婚したいねん。」

思いがけずはっきりとしたさなえの言葉に、花しすはひるんだ。でも、動揺を顔には出さず、ただ、うなずいた。

「そうか、そうやんなぁ。」

「この仕事も、誰でも出来るし、うち早く家に入って専業主婦になって、て、きっと池ちゃんから見たらしょうもないやろうけど、でもそれがええねん。自分に合うてると思うし。」

「全然しょうもないよ、あ、違う、しょうもなくないよ、全然。」

「池ちゃんは、技術もあるし、専門職ていうのん？　ちゃんと仕事してるし、こういう生活でもかまへんのかもしれへんけど、うちは、このままやったら婚期逃すっていうか、ごめんな、ほんまに。」

「ううん、ううん、分かるよ、さなえちゃんの気持ち、分かるよ。」

「婚期逃すいうて、もう30やから、そんなことも言うてられへんねんけど、今の彼、ちゃんと働いてるし、もしちょっとでも将来のこと考えてくれてるんやったら。」

「うん、うん。」

「うちせこいけど、結婚したいし、先子ども作ろ思てるねん。」

花しすは、話が思いがけない、そして、避けてきた方向へ向かう気がして、少し身構えた。自分が立ったままなことに、やっと気づいて、不自然にならないように、ゆっくり、席についた。

「あんなことしたし、作る権利あるのか、て言われそうやけど、でも、欲しいと思うんやったら、作るのは、何も悪くないと思うねん。」

「うん、うん、もちろんそうやよ。」

「池ちゃん、うちのこと軽蔑《けいべつ》するかもしれへんけど、うちピル飲んでないけど、ピル飲んでるて言うてるねん。だから大丈夫、て。」

花しすの中では、しばらく絶句したように思ったが、実は一秒もかからずに、そうなん、と言っていた。反射神経のようなものだった。数秒の絶句で、相手をひるませたり、悲しませたりすることが、花しすは嫌なのだった。

「でも、生理始まってしもたわ。」

さなえは、鼻をすん、とすすった。泣いているわけではなかったが、さなえは寂しいのだと、花しすは思った。

「明日から連休やのに。ほんまに、タイミング悪い。」

あたたかな毛皮を持ったベンツとジャグジーや、話し相手になる自分のような人間や、そのようなものでは拭《ぬぐ》えない寂しさが、さなえにはあるのだ。

初めて会った頃のさなえを、花しすは思い出した。

「なんか情けなくなって。だからごめんな、池ちゃんに当たってしもた。」

先ほどは、やはり苛立っていたのだ。花しすは今さら、テストの答え合わせをするような気持ちだった。

「そうなん、全然気づかんかったわ。」

「え、うそ、うち結構きつい声出してなかった？」

「ほんまー。」

「あはは、池ちゃん、池ちゃんって、ほんまにええ子やなぁ。」

花しすは、ポケットに手を入れたままだった。でもやはり、録音ボタンは押さなかった。

「だから池ちゃんとおると、落ち着くねん。」

さなえはそう言うと、ベンツを抱き上げ、耳を撫でた。さなえの膝の上で大人しくしているベンツが、花しすは頼もしかった。

「うちも、さなえちゃんとおったら落ち着くよ。」

「ありがとぉ。」

「うちも、ちゃんと考えるわな。家のこと。」

「うん。ごめんな。なんか、当たるついでにそんなこと言うたみたいで。」

「ううん、そんなことないよ。」

「うち、今夜から、もう、彼の家泊まりに行こ思て。荷物結構持って行くねん。ほんで、その荷物をそのまま彼んち置いてこようと思ってる。」

「そうなんや、作戦やなぁ。」

「せこいやろ?」

「せこくないよ。」

床に取り残されたジャグジーが、みゃあ、と鳴いた。花しすは体をかがめて、ジャグジーの喉を撫でてやった。

さなえに、行ってきます、と声をかけると、少し弱々しいが、いつもの、柔らかな笑顔が返ってきた。花しすは黒いフラットシューズを履いたが、ウールの黒いワンピースと、マスタード色のタイツには、はまりすぎているような気がして、黒のコンバースに、履き替えた。

さなえを残して家を出ると、空は明るかったが、どこかに、雪の気配を孕《はら》んでいるような気がした。まだ22日だ、もう少し待ってやれ、と、花しすは思った。恋人たちの顔は思い浮かばなかったが、それでも、ホワイトクリスマスを楽しみにしている誰かを思って、花しすは投げやりに祈った。

花しすのそばを、タクシーが速度を落として通り、通り過ぎた後は、ぐんと速度をあげた。自分はそんなにふらふらしているように見えるのだろうか。花しすはタクシーのナンバープレートを見ながら、思った。

さなえは、結婚したいのだと言った。

妊娠するつもりであることや、荷物を恋人の家に置いておくつもりであることなど、さなえが言ったことを、花しすはひとつひとつ、反芻していった。

恐らく交際が始まって1ヶ月も経たないうちの、あの切羽つまった様子は何故だろう。

不動産屋に来る客の電話番号を調べて、電話をして、様々に関係を築いてきたさなえのやり方は、どう考えても、刹那のものだった。相手もそうだったし、その関係を続けていこうと、思ってもいないようなやり方だと、花しすは思っていた。

さなえは優しい。どこまでも優しい、ぬるい沼のようだった。

だが、時折、その底の見えない優しさが、花しすをひやりとさせるのも、事実だった。

　その優しさが、短期間でころころ代わる恋人に向かっているのだと思うと、花しすは、みぞおちに重しを乗せられたような、なんとも陰鬱な気持ちになった。会ったことはないが、さなえの恋人たちに、大声で、調子に乗るなよ、と、叫びたいような気持ちになるのだった。そして同時に、あの優しさが、恋人がさなえとの関係を短期間で終わらせてしまう原因であるような、予感もしていた。

　さなえの優しさは、体の芯についた、生来のものであるのは確かだったが、さなえの、どこかしらにある劣等感や孤独からきていることも、花しすは分かっていて、分かっている自分が嫌だった。なんとも姑息《こそく》な、いやらしい人間だと思うのだった。自分はだから、録音をしないのかもしれない。さなえと話をする自分の声に、憐憫《れんびん》や優越感の気配を感じることが、嫌なのだ。

　さなえちゃんはもっと、堂々とすればいい。

　花しすは思った。優しいさなえちゃん。では自分だって、堂々とすればいいのに、出来なかった。もっと堂々としてよと言いたいなら、言えばいい。でも言えないのは、さなえを傷つけたくないからではなくて、誰かを傷つけた自分を見るのが、怖いからだ。いつだってオチでいたい、皆の「癒し」でいたい自分の、それは何よりの狡《ずる》さだ。

　花しすは左の肩に乗った白いものを、いつもより強く意識しながら、縁石の上を歩いた。踏み外さないように、ゆっくり歩いた。

まだ時間は早い。

花しすは、ポケットに手を入れ、レコーダーを触りながら歩いていた。今日はこのまま、会社まで歩いてみようかと思ったが、すぐに、あきらめた。

2007年　2月12日

花しすは矢追晋太とのことを、誰にも言っていなかった。

晋太は、花しすより四つ上の28歳で、チーフデザイナーをしている。花しすらの会社は、小さなデザイン会社で、今は主に、お菓子メーカーのキャラクターデザイン、それに伴う、簡単なウェブアニメを作っている。

花しすが初めて面接を受けたのが、この会社だった。就職氷河期と言われる昨今で、一社目で受かったことが、本当に嬉しかった。しかも、花しすには、ウェブに関する知識はほとんどといっていいほどなかった。自分は幸運だと、そして同時に、何もしていないのに、何かに成功したように思った。

花しすは、この会社がてがけるキャラクターが好きだった。だからそれを、ほとんど作り出していた晋太のことを好きになるのにも、時間はかからなかった。

晋太が作るのは、ミルクキャラメルのキャラクターで、「きゃらみん」という。どろどろと溶けた体に、眼球が埋め込まれたような、グロテスクな容貌をしている。

最初は、お菓子にこのキャラクターはどうか、と先方から注意を受けたが、試験的に発売したところ、グロ可愛い、と言って、女子高生に受けたのだった。

それからは、そのキャラクターの仲間、ミルク味の「みるのん」、コーヒー味の「かふぇ子」、ヨーグルト味の「すっぱ」、そして何百個かに一個、幸福になれるといわれるレアキャラの「らぶのん」を作って、どれもヒットしている。

晋太は、坊主頭に人懐っこい顔をした男で、一見すると、デザイナーというよりは外で作業をする、職人のような風貌をしていた。だが、言葉の端々から、成功している人間に特有の余裕やユーモアが感じられ、それがなんとも甘やかな色気となって、女を引きつけていた。

晋太とは、同じバンドを好きだということが分かり、それから仲良くなった。小さな会社とはいえ、人気者の晋太と仲良くなれたことに、花しすはとまどったが、もちろん、それを超える嬉しさがあった。

花しすがやっているのは、キャラクターグッズ用に、きゃらみんをトリミングしたり、らぶのんを虹色に光らせたりする仕事で、アルバイトの間宮理子が忙しいときは、電話の応対や、コピー取りなどの雑用もする。はじめは事務採用ということだったが、ある日晋太が、花しすに、デザインのほうも手伝ってみないか、と、声をかけてくれたのだ。それから、晋太に教えてもらいながら仕事を手伝い、なおかつ給料をもらうという、贅沢《ぜいたく》な身分でやってきた。

晋太は、花しすといると楽だ、と言ってくれた。でも、その理由だけで、晋太が自分と一緒にいてくれることに、花しすは度々恐縮し、わずかに驕った。晋太とこういう関係になって1年半経った今も、時々信じられないような気がする。だが、花しすはそういうとき、自ら行動を起こすことなく、晋太に「選ばれた」自分を、かえって誇るのだった。

「晋太さん。」

聞かないでいよう、と思っても、聞いてしまうのは、間宮理子が晋太を呼ぶときの声だった。

晋太は、自分の苗字を嫌っていて、社員皆に、晋太さんと呼ばせるのだから、間宮理子がそう呼ぶのも、おかしくはない。分かっているのだが、他の社員が呼ぶそれと、間宮理子が呼ぶそれとは、温度が違うような気がしていた。

画面の中のらぶのんに集中しようとしても、意識がどうしても、ふたりのほうへ行ってしまう。

間宮理子は、晋太が頼んだ資料のことで、晋太に何か聞いているようだった。

髪をしばらない間宮理子の、黒くてさらさらした髪が、晋太の肩にわずかに触れているのではあるまいか、それが気になって仕方がないが、花しすは限界まで我慢し、我慢して、だが結局、見てしまった。

間宮理子の顔と、晋太の顔の距離は、手のひらひとつ分ほどだった。資料を見ているのだから、それは仕方のないことだ。だが、男らしい骨格の晋太と、楚々《そそ》とした美人の間宮理子は、花しすから見ても、とても似合いに見え、それが辛かった。

花しすは、画面を見ているふりをして、スクリーンにわずかに映った、自分の顔を眺めた。

短い髪をして、離れた目をしている。唇はぽってりと膨らんでいて、鼻が小さい。何人かに美人だと言われ、何人かに個性的だと言われる。個性的というのは、美人ではないということである。つまり、ちょっとしたきっかけで、どちらにも転ぶ顔なのである。

晋太は、花しすの顔のことを褒めたことはなかった。とにかく、一緒にいると楽だ、と、そればかり言う。では間宮理子といるとどうなのか、と、花しすは思うのだが、そんなことは、もちろん、聞けないでいる。

「イケ。」

急に晋太に呼ばれたので、花しすは驚いて、ふえ、と、声を出してしまった。職場の皆が、花しすを見て笑った。花しすは職場で、天然だと思われていて、そういえばそういうところも好きだと、晋太は言ってくれたのだった。そして花しすも、晋太に特別に目をかけてもらっている社員として、皆にねたまれたり嫌われたりしないよう、意識的であれ無意識であれ、結局率先して「天然」の役割を担ってきた。晋太は、「職場で皆に好かれている花しす」を好きでいてくれるのだろうと、思っていた。

「なんですか。」

「ちょっと来て。」

晋太のそばには、まだ間宮理子が立っていて、晋太と一緒に、花しすを待っている。花しすは、顔がこわばらないように注意しながら、晋太の席へ行った。

「これ、何回印刷しても、この色になるらしいんだ。」

晋太が指差したのは、すっぱのイラストが印刷された、ツボ押し器の写真だった。新アイテムとして展開するため、プレゼン用に作ったものである。

「これ作ったの、イケだろ?」

「はい。」

晋太はふたりでいるときも、皆が呼ぶように、イケと呼ぶ。花しすとしては、名前で呼んでほしいところだが、もちろんそんなことは、言わなかった。

「こんな色じゃないよな。すっぱの色って、もっとシアン強いだろ?」

「そうです、多分、出力の調子が悪いんだと思います。」

「すみません、私が使い方間違えているのかも。」

「教えてやってくんない？」

「はい。」

花しすが間宮理子とふたりで仕事をするのは、よくあることだった。間宮理子を除けば、職場で一番下っ端なのは花しすだったし、晋太も、花しすにはいろいろ頼みやすいのだろう。そして、間宮理子も、アルバイトとして入社してきた当時から、花しすにだけは、よくなついた。

自分には、人を安心させて見くびらせる何かがあるのだと、花しすは思っていた。それは太っていた小学生のときから変わらなかったし、花しすも、ずっとそれを望んできた。

年齢より年上に見え、少し敬遠されがちな間宮理子を見ていると、その思いは、ますます強くなった。間宮理子と正反対の自分でありたかった。そして自分は、嫉妬《しっと》や恋愛の汚さから、出来るだけ離れていよう。軽口を叩かれる存在でいよう。オチでいよう。

花しすはだから、晋太とのことを、職場で一番仲の良い垣内美代子にも、言えないでいるのだった。

「すみません、イケさん。お忙しいのに。」

「ええよええよ、眠くて全然集中してへんかったし。出力これでしたん？」

「はい、そうです。」

「これでやったん初めて？」

「そうです。いつも晋太さんの近くのを使ってたんで。」

間宮理子の言った中で、晋太さん、という言葉だけが、耳に残った。花しすの肩に乗っていた白いものが、もそもそと、頭の上に移動した。

「ちょっと見てみようか、えーと、あ、これ、なんかおかしくてさ、カラー出力のとき、ボタン1回だけやったら、なんかモノクロとカラー交代で点滅するねん。」

「壊れてるんですか？」

「せやろなぁ。コツがあって、ここを長押ししながらスタート押さなあかんねん。」

「えー、面倒くさい。」

間宮理子の声に、垣内美代子や、他の同僚が、ちらとこちらに目をくれた。

「じゃあ席で出力出来ないってことですか？」

「せやねん、出力押してから、出力準備の間にこっち来て、長押ししつつスタート。」

「え、あり得ないんですけど。」

「せやなぁ。」

「あ、ほんとだ、シアン出た。」

「うん。」

「えー、これ、修理頼まないんですか。」

「うーん、何回か頼んで直ってんけど、いつもこうなるから。ちょっと厄介な子として扱ってるねん。」

「子って。機械じゃないですか。いや呼びましょうよ、修理。」

「うーん。」

「私連絡します。」

「わ、ありがとぉ。」

花しすは席に戻り、間宮理子は修理業者に連絡をした。なかなかきつい口調で話すので、ハラハラしたが、自分が言うことではないと思った。

仕事に集中しようとすると、画面にメール受信のアイコンが出たので、開くと、垣内美代子からだった。

『マミヤほんとえらそうだよね。』

垣内美代子は、仕事は出来るが、なんでも忌憚《きたん》なく話す間宮理子のことを、あまり良く思っていないらしい。こうやってちょくちょく、社内メールを花しすに送ってくる。

『でも、修理頼んでくれるのはありがたいよ。私は面倒やったし。新田さんにきつく言われへんし。』

そう打って送信すると、すぐに返事が来た。

『イケは本当に優しいね。』

その一文を、花しすはじっと見つめた。今まで、この言葉を、何度言われてきただろう。

イケは優しい。

池ちゃんは優しいから。

でも花しすは、自分のことを優しいと思ったことなど、一度もなかった。自分は、誰かを傷つけるのが怖いだけだ。それを優しさだと、ある人は言うかもしれないが、傷つけないことと、優しいことは違う。

花しすは、人が傷ついたとき、顔が歪むのを見るのや、流れている時間が止まることが嫌なのだった。そしてそのことに関与しているのが自分であるということが、一番怖いのだった。

花しすはもっと言えば、能動的に誰かと関わることが、怖かった。いつでも受身でいたかった。自分が選ぶのではなく、選ばれる側でい続けることで、関係性においての責任を負うことを、避けた。卑怯《ひきょう》なことだと、自分でも思う。そしてそうしている自分を、誰も責めず、あまつさえ「優しい」などと言われるのだ。

今だって、自分が間宮理子のことを悪く思う代わりに、垣内美代子が思ってくれている。垣内美代子が、先に間宮理子のことを悪く言ってくれるから、自分はそう言わずに、済んでいる。自分ではなく、自分の周囲に黒い感情を持っていてほしい。自分はその中の白い存在でいたい。そしてその気持ちさえ誰にも気づかれずに、「優しいね」というメールを読んで、安心しているのだ。

垣内美代子から、またメールが来た。

『でも分かる。新田さんって憎めないよねぇ。』

花しすはマウスから手を離し、ジーンズで手のひらを拭いた。

数十分後、くだんの新田がやって来た。

よほど強く言われたのだろう。走って来たのか、この寒いのに、大汗をかいていて、スーツの腋の部分まで、汗が染みていた。

新田は、複合機のリース会社の営業兼修理担当で、会社の複合機の調子が悪いときなどに、呼び出される。小太りの若者で、新田人生という変わった名前をしていて、とにかく人がいいから、花しすの会社の皆が、彼のことを好いている。

だが、仕事が出来るかといえばそうでもなくて、くだんの複合機も、新田が帰ってから数分後にまたおかしくなったのだったが、にこにこと笑っている彼の顔や、汗を拭き拭き、必死で作業している姿を見ると、誰も、晋太でさえ、きつく言えないのだった。

だが、間宮理子は違うようだった。新田が皆に挨拶をしているのをさえぎって、早く直してください、困ってるんです、そう一喝し、それを見た垣内美代子が、花しすに口パクで、「こわー」と言った。

新田は、複合機の前に座り込み、必死で作業している。その横に、間宮理子が腕を組み、新田を監視するように立っていて、それがますます、新田を焦らせているようだった。

花しすは新田を、気の毒に思った。だが、今まで、自分のこのような甘さが、社員に面倒な出力をさせていたのだと思うと、悪いのは結局自分のような気がして、間宮理子のピリピリした様子に、いたたまれなかった。

四苦八苦しながら、新田がなんとか修理を終えたのは、数十分経った頃だった。

新田は、汗だくで立ち上がり、母親に手を洗ったことを報告する子どものように、叫んだ。

「終わりました!」

その言い方があまりに可愛らしいので、社内で拍手が起こったが、間宮理子は、まだ許していないようだった。

「ちょっと、ちゃんと直ったか、テスト出力してくださいよ。」

「あ、はい。すみません。」

口角から泡を飛ばし、新田は、間宮理子の後について行った。間宮理子のパソコンで、なにやらやっていたが、やがて、複合機が動く音が聞こえた。

「おお新田君、直ったんじゃない？」

間宮理子の剣幕を心配していたのか、晋太が優しく新田に声をかけた。花しすは、晋太のそういうところが好きなのだ、と、改めて思った。鷹揚《おうよう》なように見えながら、職場の皆の雰囲気に、誰より聡《さと》い。だからこそ、晋太は自分を選んでくれたのだ。そう思いながら、花しすは「選んでくれた」、という言葉を恥じ、誰にも知られるはずもないのに、目を伏せた。

「あ、あの、はい、多分。ちょっと立ち上がりに時間かかります。」

複合機は、アイドリングするように、がちゃがちゃと音を立てている。

新田は、ふう、ふう、と荒い息をしながら、出力を待っている。その隣では間宮理子が、また怖い顔をしていた。

「間宮って、新田君と同じ年くらいじゃない？」

晋太がそう言った。間宮理子は、え、と言い、わずかに表情をゆるめた。花しすは、胸がぎゅう、と絞られるのを感じながら、それでも笑って、新田と間宮理子を見た。

「私、23ですけど。」

「あ、僕も23です。」

「ほら！　まったく同じ年じゃん。」

社内の皆が、見えない、信じられない、と騒いだ。こうやって職場をなごませるのも、晋太の得意とするところだった。

「同級生ってことだ。見えねぇなぁ！」

「あ、あの、僕早生まれなんで、学年はひとつ違うと思います。」

「へえ、そうなんだ、誕生日いつ？」

「3月3日です。」

「ひな祭りかよ！」

社内がまた盛り上がる。新田は恥ずかしそうに笑い、青いタオルハンカチで、額を拭った。

気がつけば、間宮理子も笑っている。花しすも笑ったが、絞るような胸の痛みは、消えなかった。

「なんだよー、俺の嫁さんと同じ誕生日だよ。」

晋太が言った。

「最近太ってきたから、新田君と似てるしな。」

そう続ける晋太を、皆、さらに笑った。

花しすの胸は絞られたままで、でもそれは、晋太の妻に関する痛みではなかった。花しすはやはり、間宮理子のことが、どうしても、気にかかるのだった。

「新田君に似た嫁ってやばくないすか。」

「おい、新田君に失礼だろう、あと、俺の嫁にもあやまれ。」

「はは、ほんとすね。」

「あ、でも僕、小さい頃、よく女の子に間違われました。」

「新田君、その情報いらないわ。」

「あ、すみません。」

晋太は、少年が笑うように破顔する。その顔も、花しすは好きなのだった。

晋太に妻がいることは、入社したときから知っていた。

花しすと出会う前から、事実としてある晋太と妻の婚姻関係を、花しすは自分と関係があることとして、捉えることが出来なかった。晋太は、花しすとふたりでいるときも、妻のことを話した。その話しぶりからは、罪悪感のようなものや、それに裏打ちされた卑屈さも、見当たらなかった。花しすが嫉妬する隙間がないほど、晋太と妻のことは「普通」だった。それは確かに現実なのだが、週三で家に来る晋太を出迎えていると、晋太の結婚生活は、自分とはまったく関係のない世界で起こっている出来事のように、思えるのだった。

花しすは、確固としてあるが遠い現実よりも、未来起こるかもしれない可能性のほうが怖かった。晋太と間宮理子との間にある、わずかな可能性に、怯《おび》えていた。

「あ、出ましたよ。」

複合機の近くにいた本橋健一という男が、出力された紙を取り上げた。

「はは、なんだよこれ。」

本橋は、紙を頭上にかざして見せた。そこには、虹色に光る印刷文字で、「せいこう」と、書かれている。

う
こ
い
せ

こんな風に、空から降ってくるように、書いてある。

「誰が打ったの、これ。」

「あ、あたしです。」

「間宮さん？　何これ。」

「いや、出力成功すればいいなと思って。」

「ははは！」

晋太も、新田も、笑った。

「間宮、新田君、成功おめでとう！」

間宮は、笑われていることに、最初は憮然《ぶぜん》としていたが、やがて素直に笑い出した。花しすも笑った。そっと胸を押さえると、鼓動がきちんとあった。強かった。花しすはその音で、祖母を思い出した。

食事を取ることも、排泄も、意思を伝えることも出来なかったが、それでも、祖母の心臓は強かった。祖母はまだ、若かったのだ。花しすはよく、祖母の胸に耳を当て、心臓の音を数えた。

祖母はほとんど反応しなかったが、花しすに応えるように、心臓だけは、どく、どく、と、規則正しく打っていた。そうしている花しすを見て、母が、少し悲しそうな顔をしたが、それがどうしてなのかは、やはり、分からなかった。

今の自分を見て、母は、そして祖母は、なんて言うだろう。妻帯者と交際している自分。母をあんなに苦しめた存在に、今まさになっている自分。小さな頃と同じように、周囲の誰かが何かをしてくれるのを、じっと待っている自分。

また、垣内美代子からメールが入った。

『マミヤ、かわいいとこあるんじゃん。』

花しすは、鼓動を正確に一〇回数えてから、

『そうやね！』

と、返した。自分の胸のうちに、ぽつ、と、小さな黒い染みが出来た気がした。

２０１１年　12月22日

悪いが明日出勤してくれないか、と、沢井が言ってきたときには、夜の8時を過ぎていた。隣で朝比奈が、すう、と、息を吸うのが分かった。

「本当ごめん！　年内アップって話だったんだけど、吉沢さん、クリスマス込みの三連休ってこと忘れてたみたいで、ほら、イベント絡んだ連休って、アクセス増えるよね？　どうしても新しいタイトルと女の子入れてほしいんだって。ほんとごめんね、あたし吉沢さんに無理ですって言ったんだけど、どうしても、って。」

沢井は、顔の前で手のひらを合わせ、何度も、ごめんね、と言った。

「連休までにアップしたいってことですよね？」

朝比奈の声は、乾いている。花しすは、朝比奈のほうをちらりと見た。予想通り、表情のない顔で、画面を見つめたままである。

「そう、ほんとごめん！」

「じゃあ、今夜中にやらなきゃいけないってことですよね？」

「そう、そうだよね、そう思うよね、でも、でも、本当悪いんだけど、ラインナップあがるのが明日の午前中なんだって、もう、吉沢ぁ、って感じでしょ⁉」

花しすは、何か分からぬものに、小さく祈った。

「そうですか。じゃあ明日の午前中にあがったものを、明日中にアップしろ、ってことですよね？　修整とか、全部して。」

「そう、か、そうだよね、そうなるね。あーもう、ごめんね！」

「じゃあ、私だけじゃ無理なんで、池井戸さんにも来てもらわないといけないです。ていうか、修整作業のほうが急なので、池井戸さんのほうが大変だと思います。」

「そうかー、池ちゃん、ほんとごめん！！！」

「あ、はい。」

休日出勤するのは、まったくかまわなかった。だがここで、全然大丈夫ですよ、などと言えば、朝比奈の声は、ますます乾いたものになるだろう。花しすは、ポケットの中のレコーダーの存在を確認しながら、この会話を録音するのじゃなかった、と思っていた。

「ごめんねー、今度焼肉奢《おご》る、ね？　焼肉！」

「あ、はい。」

沢井は、何か非があれば、すぐに焼肉で解決しようとする。

花しすは嬉しいが、今の朝比奈では、それも腹の立つ要因になるだろう。学生でもあるまいし、焼肉と言っておけば黙ると思っているのか、そんな風に、思うことだろう。沢井の奢ってくれる焼肉は、学生ではとても行けないような高級な店のものだったが、そんなことは、今は関係がなかった。

「コーヒー入れましょうか。」

黒川が、絶妙なタイミングで、席を立った。

空気を読んでのことなのか、そうでないのかは分からなかったが、とにかく花しすにはありがたかった。沢井が、顔の前で手を合わす、あのポーズをやめたからだ。あれがまた、朝比奈の苛立ちに火をつけるだろう、と、花しすは思っていたのだ。

「あと、こないだ言ってた一二を九にするってやつは……、どう、かな？」

「もう出来ました。」

「わー、ありがとねー、朝比奈ちゃん天才！」

沢井は、朝比奈と花しすを散々持ち上げた後、打ち合わせがあると言って、慌てて出て行った。

沢井がいなくなった事務所は、徐々にゆるやかに、いつもの空気に戻った。

今日も、新田はいなかった。花しすと朝比奈は、静かに画面を見つめ、黒川がなにやら、花しすの分からない作業をしている。いつもは18時に帰るのだが、連休の前だから、何かとやることが、あるのだろうか。

「あー、沢井さんが焼肉って言うから、食べたくなってきたー。」

黒川は焼肉を奢ってもらう要員には、入らないはずだった。でも、あんまり無邪気に言うので、花しすも食べたくなった。

「うちも、焼肉の口になった。」

「なんすか焼肉の口って。」

「え、焼肉食べたいってこと。」

「それ、焼肉の口って言うんですか。」

「言わん？ 今日は中華の口や、とか、辛いもんの口や、とか。」

「言いませんよ、大阪弁ですか？」

「えー、違うよ、言うよ。」

「ヘルメッ！」

「じゃかましわ。」

「朝比奈さん、言います？」

「言うよ、私も今焼肉の口になってる。」

「えー、言わねぇよー。」

「ゆとりだから？」

「うるさいわ。」

花しすは嬉しかった。沢井を嫌ってはいなかったし、新田のことも好きだったが、三人の、こういうバランスが、花しすは一番好きだった。朝比奈と黒川が口角をあげながら罵倒し合い、それを花しすが、にこにこ笑いながら見ている、この空気感が好きだった。

「新田さん、今日も来ないねぇ。」

「あ、さっき電話あって、打ち合わせの後、直帰するそうです。やべ、ボード書いてねーや。」

黒川が席を立ち、朝比奈は、ううん、と伸びをした。

「朝比奈さん、なんか手伝うことないですか。」

「え、池井戸さん終わったの？」

「はい。三連休前だと思って、焦ってやってたんですけど、意外と早く終わって。チェックしてもらえますか。」

「いや大丈夫だよ、池井戸さん、もうプロだもん。」

「ボカシのプロすか、かっけー。」

「かっけー、て言うのんや。」

「ゆとりだから？」

「うるさいわ。」

花しすも、ううん、と、伸びをした。背骨がぎしぎしと音を立て、顔が小刻みに震えた。伸ばした両手を、甲を合わせて組むと、肩がぐき、と鳴る。両腕をぐるぐる回し、ついでに首も伸ばす。気持ちよくて、ああ、と、声が出る。

「実は、あたしも終わったんだよね。」

「え、そうなんですか。」

「そう、明日の午前中出るそれをやらなきゃいかんけどね、今日はやることないね。あたしたち、仕事出来るよね。」

「自分で言う！」

「黒川はなんで残ってんの？」

「いや、三連休前だし、何か手伝えることないかなって。」

「おい、なんだよー、いい子じゃーん！」

花しすは、わくわくしていた。先ほどの能面のような表情と打って変わって、今の朝比奈は、たくらんだ子どものような、無邪気な顔をしているからだ。表情豊かな朝比奈の顔の中で、それは花しすが一番好きな顔だった。

「飲み行かない？」

花しすは嬉しくて、声をあげそうになった。だが声を出す代わりに、体がびくん、と動いてしまった。それを見た黒川が笑い、一緒に飛び上がった白いものが、また、花しすの首に戻ってきた。

新宿は混んでいるだろうから、幡ヶ谷で飲もう、ということになった。事務所を出ると、冷えた空気が、たちまち花しすらの体を、芯まで冷やした。冬っていつも、こんなに寒かっただろうか、と、毎年思う。花しすが、ハーッと息を吐くと、それはもちろん白く、それを見た黒川が、真似をして、花しすのより白い息を吐いた。なるほどイブは雪になるだろうな、と、花しすは改めて思った。

皆、「焼肉の口」になっていたので、焼肉屋に入った。三連休前だから、待つことになるだろうと思っていたが、花しすらが行ったのが9時で、ちょうど一回転したところだったのか、すんなり入ることが出来た。そんな些細《ささい》なことでも、花しすは嬉しく、思わず「奇跡」と言いそうになった。恥ずかしかったが、それでも自分たちが、何らかの奇跡の最中《さなか》にいるような気がして、ならなかった。

花しすと朝比奈はビール、黒川はレモンハイを頼んだ。この、最初にビールを頼まない感じもゆとりっぽい、と、朝比奈が昔、言ったことがあった。

かんぱい、と大声を出すと、それだけで喉が鳴った。待ちに待ったビールは、叫び出したくなるほど美味しい。花しすの左目に、じわりと涙が滲んだ。

「美味《うま》い！」

朝比奈が、叫んだ。

「ビールって、なんでこんな美味しいんだろう。」

「ほんまですよね。一杯目からレモンハイとか信じられへん。」

「ビールって、苦くないですか？」

「子どもか。」

「うるさいわ。」

「でも分かるよ、うちも昔はビールなんてどこが美味しいねんって思ってた。」

「へー、いつからこんな飲むようになったんですか？」

「いつからやろ、飲めたんは、最初から飲めたと思うんやけど。」

「最初って？」

「大学生の頃かなぁ。合コンで初めて飲んだんやけど、みんなめっちゃ酔うて、最後吐いたりしてえらいことなってたのに、うちは結構平気やったなぁ。」

「池井戸さん合コンとか行くんだ⁉」

「え、行きましたよ、それだけやったけど。」

「その合コンで、誰かと付き合ったりしました？」

「うん。」

「嘘だ！」

「聞いといて嘘って何やねん。」

「えー、なんか、池井戸さんが合コンで出会った人と付き合うって、全然イメージ出来ないですもん。」

「あー、確かに。」

「えー、そうですか。付き合わせてくださいよ。いうて、2ヶ月くらいでしたけど。」

「2ヶ月！　大学生っぽいなぁ！　なんで別れたんですか？」

「他の女の子に乗り換えはってん。」

「うわー、やっぱり大学生っぽいなぁ！　どんな人だったんすか？」

「幹事の男の子。」

「えー、ますます意外！　幹事するくらいだったら、結構しゃしゃってくるタイプじゃないんですか？」

「しゃしゃってくるって……。でも、まあ、まとめるタイプの人やったなぁ。なんでうちのことええと思ってくれたんか分からんけど。」

「いや、池井戸さんはさ、そういう男の子に好かれると思うよ。ふんわりしてて、優しそうで、実際優しいけどさ。可愛いし。なぁ黒川。」

「え、あー、はい。」

「無理やり言わされた感出さんといてよ。」

「いや、いやいやいや、池井戸さん、可愛いっすよ、うん。可愛い。朝比奈さんも綺麗だし、うん、でも、ふたりとも、残念なんすよねー。」
「何が残念なんだよ。」
「いやぁ、ねぇ。」
「うちも聞きたい。」
「うーん、池井戸さんは、色気がないんだよなー！ なんていうか、セックスすると
か想像つかない感じ？」
「はぁ。」
「怒りました？」
「ううん、ううん、ううん、だって、ほんまのことやもん。」
花しすは、今まで、自ら「そういう部分」から、自分を遠ざけてきた。色気や、そ
れにまつわるものや。だから、誰かと恋愛をしても、そのことを友人に言うことすら
恥ずかしかったし、実際に自分が恋愛の渦中にいても、心から没頭することは、出来
なかった。
どぉやん。
そのとき、急に思い出した。どぉやんと呼ばれていた小学生の頃と、自分は変わっ
ていないのだ。池ちゃんであろうが、イケであろうが、どぉやんたろうと努力する自
分。皆に優しく軽んじられ、誰の感情も害することがなかった私。それはきっと、こ

れからも続くだろう。何かに全力で取り組むことは、あまりなかったが、そういう自分でいるためには、全力を注ぐだろう。花しすはあきらめたような境地で、そして今は、その境地がどこか心地良くて、ビールをごくごくと飲んだ。

「朝比奈さんはぁ……」

「気が強いんだろうよ、あ？　そうだろ？　男って、気の強い女だめだからね。」

「男の子のこと、男って言う時点で、アウトですよね。」

「焼くぞ。」

「ほらそういうとこも。」

肉が次々に運ばれてきた。タン、ミノ、マルチョウ、ハラミ、カルビ。誰も野菜を頼もうとしないのがいいな、と、花しすは思った。

「うおー、焼くぜー。」

朝比奈が、トングを使って肉をどんどん七輪に並べてゆく。いつもは気を使う黒川だが、今日は朝比奈に焼くのを任せていた。

朝比奈は、ほら、ほら、と、どんどんふたりの皿に肉を載せてゆく。最後のほうは、もう、投げつけるように置いてゆくので、黒川と花しすは、目を合わせて笑った。黒川は、綺麗な手で箸をあやつり、見ている花しすが気持ちよくなるくらい、肉をばくばく食べた。

朝比奈が、左手にトングを持ち替えた。それで焼きつつ、右手で肉を食べており、黒川が、もう男じゃん、と笑ったが、朝比奈は怒らなかった。ビールを飲むときだけトングを置き、でも箸は絶対に離さないので、花しすも笑った。

外はあれだけ寒かったのに、店内は少し暑いほどだった。間もなく、黒川がセーターを脱ぎ、朝比奈もパーカーを脱いだが、体に巻きついている白いものは、それぞれ、離れなかった。

花しすはビールを七杯飲んだ。朝比奈はマッコリに突入しており、黒川はレモンサワーとシークワーサーサワーを行ったりきたりしていた。酒に強い花しすだったが、ふわふわと、酔っていた。

「池井戸さんはぁ。」

黒川も酔ったのか、美しい目が、とろりと垂れている。

「色気ないって言いましたけど、多分、ありますよ。」

「何それ、フォロー遅いし、多分って。」

「いや、俺が感じないだけで、新田さんとか、池井戸さんのこと、可愛いって言ってたし。」

「え、まじで！　いいじゃん池井戸さん！」

朝比奈に背中を叩かれ、花しすはむせた。酔っているので、力の加減が分からないのだ。

「いいって……。」

「いいじゃん、彼氏いないんでしょ？」

「はい。」

「えー、じゃあいいじゃん、新田さんいい人だし、恰好いいよ。」

「朝比奈さん、そう思ってたんですか？」

「だって黒川と新田さんだったら、そりゃ新田さんのほうがいいじゃんよ。」

「うるさいわ。」

花しすは、黒川よりもいい、という新田のことを、思い浮かべた。このままでは顔を忘れてしまうと思ったのは、つい先ほどのような気がする。それともそう思ったのは、昨日だったか。いや、そもそも、そんなこと、思いもしなかったのではないか。花しすは、自分の記憶の、改めて頼りないことに、愕然とした。

新田のことを、自分はどう思っていたのだろうか。いや、どう思っていたか、という記憶が大切なのではなくて、今自分は新田のことを、どう思っているのかが大切なのだ。でも、どう思うかの基準も、結局、過去の新田を思うことでしか、決められないのだ。

「新田さんって、どんな人でしたっけ？」

酔っていたので、思わずそう言ってしまった。

「ひどい！　忘れちゃったんですか！」

「いや、忘れてないけど、忘れてないけど、あんまり会わへんから。」

「会わないからって、職場の先輩ですよ？」

「そうか、そうやんな。でも、なんやろ、どういう人なのか、うちが思ってることって、正しいんかなぁ、て。」

「何言ってんすか池井戸さん。わけ分かんねぇよ。」

黒川は、そう言って、焼け焦げたカルビを箸でつついた。朝比奈は、しばらく花しすを見ていたが、

「なんとなく分かるよ。」

と言った。

「分かります？」

花しすは嬉しくなって、身を乗り出した。朝比奈は、花しすの、あまりに嬉しそうな様子にひるんだのか、少し体勢を立て直したが、またすぐ、マッコリに戻ってしまった。

「どういうとこが、分かるんですか。」

花しすの代わりに、黒川が聞いてくれた。花しすは、黒川に感謝したが、朝比奈は、

意外なことを聞かれた、という顔をした。

「えー、なんだろ、分からないところが、分かる。」

「何すかそれー。」

「いや、それしか言えないんだもん、酔ってるし。でも、分からないって気持ちは分かるよ。その人がどういう人かなんて、分からないよ。自分の彼だって、私は今、彼って言ってるけど、誰かの夫でもあるわけじゃん。父でもあるわけだし、会社員だったり、ただのおじさんだったり、いろんな顔があって、だからどういう人って、はっきり言えない。私にとっては、っていう言い方なら、出来るけど。」

朝比奈の言っていることは、花しすが思っていることとは、少し違うような気がした。でも花しすも、結局自分が言いたいことが何なのか、はっきり分からないのだった。

そして花しすは、朝比奈が言った「誰かの夫」という言葉に、胸の奥を絞られるような思いがした。「誰かの夫」を恋人としていることに、朝比奈が「慣れている」ような態度を見せるのが、花しすは苦しかった。

黒川も、朝比奈が珍しく恋人の話をしたので、少し、興奮しているようだった。

「朝比奈さん、まだ続いてたんすね、彼と。」

「悪いかよ。」

「いや、悪くないですよ、でも、あの、別れないんですか。」

「誰と？　あたしと？」

朝比奈は、攻撃的になるときは、自分のことを「あたし」と言う。花しすはそれを知っていたので、ますます苦しくなった。

「いや、奥さんと。」

「知らない。聞いてないから。」

「聞かないんすか。」

「悪いかよ。」

「こわ、そんな怒らないでくださいよ。」

「怒ってない。」

朝比奈が本格的に怒る前に、なんとかしなければ、と、花しすは思った。

本当は、花しすも聞きたかった。朝比奈が本当はどう思っているか。苦しくないのか。でも今は、この柔らかな空気を壊したくなかった。そしてそれが、朝比奈のためでも、黒川のためでもなく、自分のためだということも、花しすは分かっていた。結局花しすは、何の感情も顔に出さず、ビールを飲み続けた。

「朝比奈さん綺麗なんだから、怒らないでくださいよ。笑ってくださいよ。俺、朝比奈さんの笑顔、本当に好きなんすよ。」

黒川がそう言った。フォローした感じではなく、思わず言ってしまった、という感じだった。それで朝比奈も、思わず笑った。

「うるせーよ黒川。」

朝比奈は、恥ずかしかったのか、黒川のレモンサワーを取り上げて、一気に飲んだ。黒川は、うお何すんだよ、と言ったが、本気で怒っているわけはなかった。

いつもなら、ほっとする花しすだったが、こんなにあっさりと空気が変わったことが、どこか歯がゆかった。朝比奈が本格的に怒る前に、なんとかしなければ、そう思っていたのは自分なのに、この、歯がゆく、そして何かに苛立っている感情は、大きく矛盾していた。分かっている。でも花しすは、やはり、朝比奈の口から、現状の恋愛のこと、特に「辛さ」や「苦しさ」の部分を聞きたかった。そしてもちろん、それを聞くのは、自分であってはならなかった。

花しすは、また、自分の卑怯、いやらしさを目の当たりにしたような気持ちになった。嫌だった。先ほどの、どこか心地良かった気持ちが、嘘のようだった。波風を立てたくない、と思う気持ちと、波風を立てない自分は卑怯だ、と思う気持ちの、どちらも強かった。そして花しすはその気持ちのどちらも、度々、もてあますのだった。

朝比奈と黒川は、また楽しそうに肉を焼き、酒を飲んでいる。自分の気持ちが、彼らに分かるはずはないのに、花しすは意味もなく顔をごしごしと拭き、ビールを飲んだ。

「何してんすか、池井戸さん。」

「え、ああ、うん、顔が。」

「顔そんなにごしごしする大人の女って、初めて見ましたよ。」

「池井戸さん、すっぴんだもんね。いいよなぁ。」

「朝比奈さん、結構塗ってますもんね。」

「うるせぇゆとりが。」

「何すかゆとりゆとりって、朝比奈さんの知らない俺は、すげぇキレる男なんすよ。」

「そうなの。」

「そうっすよ。人間には、それぞれ人が知らない面もあるんすよ、さっき朝比奈さんも言ってたでしょう。」

「いや、そういうことやなくて。」

花しすは思わず、大きな声を出した。酔っていた。

「え?」

「いやあの、人間にそれぞれ知らない面があるってことじゃなくて。」

「何すか。」

「自分が思っていること自体が怪しいというか。その人はその人なんやろうけど、自分の記憶とか接し方で、その人って変わるやん？」
「はあ。」
「なんていうか、例えば、自分がその人のことを好きで、そしたら都合のいいように
その人は素敵になるやん。あと、優しくされた思い出ばっかり大切にしてたら、その
人は思い出の中でもええ人やけど、嫌なことばっかり思い出してたら、嫌な人やし。」
「ああ、こっちの都合で、変わってしまう、ってことですね。」
「そう、うん、そうなん、かな。そうかなぁ。難しいなぁ。あ、例えば同窓会とか行
くやん？　久しぶりに会うクラスメイトで、名前とか顔もほとんど覚えてない子って
おるやんか。その子と接するときにさ、自分がどんな風に喋ってたっけ、どれくらい
タメ口で、どれくらい仲良かったっけって分からへんくなるときない？　そんな感じ
かなぁ。」
「うーん。」
「さっきさ、うち、自分が昔『どぉやん』って呼ばれてたこと、急に思い出して。い
つの間にか『どぉやん』やなくなったんやけど、『どぉやん』のうちと、今みんなに
池井戸さんって呼ばれているうちは、一緒のうちやん。変わってないやん。それはす
ごく強く思うのに、なんていうか、分からへんくなるねん、そのことが。『どぉや
ん』と、うちが一緒なことが。」

「池井戸さん、どぉやんって呼ばれてたんすか！」

「え、うん。」

「はは、いっすねぇ、どぉやん。」

「うん。いいよね、似合ってる。」

「似合ってますか。」

「うん。どぉやん。」

朝比奈が、またマッコリを注文した。

「私もどぉやんって呼ぼっかな。」

朝比奈はもう、自分のことを「あたし」とは、言わなかった。

それからも、花しすたちは飲み続けた。明日も出社しなければいけないことは、途中で忘れた。花しすは久しぶりに、たくさん飲んだ。どんどん酔った。

なので、どのような成り行きで、このような話になったのか分からなかったが、気がつけば、黒川がひとりで話していた。

「じいちゃんって、俺が産まれる前に死んだんです。もう母親のお腹にはいたみたいで、末期の胃癌で、俺が産まれるまでは頑張ろうと思ってくれてたみたいなんすけど、だめで。それで、産まれてくる俺宛に、手紙を書いてたんすよね。」

黒川は、焦げてしまった肉を、箸でずっともてあそんでいた。先ほどもしていた仕草なのに、花しすは、黒川は若いのだ、と、唐突に思った。

「俺、名前、翔太っていうんですけど、じいちゃん、なんでか勝手に俺の名前を弘って決めてたみたいで、「弘へ」って。その手紙は、俺がちゃんと読めるようになるまで、たしか小五とか小六だったんすけど、母親が開封しないでちゃんと取ってたから、まさか弘呼ばわりしてるなんて、思わなかったみたいなんですよね。内容は、他愛もないことで、ちゃんと運動してるか、とか、好き嫌いはないか、とか、勉強も大事だ、とか。でも、いちいち、「弘は」とか、「弘が」とか書いてるから、俺、段々変な気持ちになってきて。なんていうか、俺は本当は黒川弘で、そんで、翔太っていうのは、架空の人間、違う世界の人間なんじゃないか、みたいな。名前が変わっても、俺は俺ひとりなんですけど、でも、黒川弘の俺は、黒川翔太の俺とは、違うはずで。あれ、なんなんだろ、なんて言ったらいいんだ。う－ん、つまり、今の俺、黒川翔太の俺は、嘘の人生って言うと変なんですけど、黒川弘の代わりの人生なんじゃないかって。もう、小学校のときから思ってて。ずっと思ってて。」

　気がつけば、朝比奈は、テーブルに突っ伏して眠っていた。疲れていたのだろう。油にまみれたテーブルなので、心配だったが、起こす気にはなれなかった。

「俺って、誰なんだろうなぁ。」

　黒川は、自分に言い聞かすようにそう言った。

花しすは、また、身を乗り出した。

「それ。そのこと。」

黒川は、目をぱちぱちさせた。

「何がすか。」

「俺って、誰なんだろうなぁ、ていうのが、そのこと。」

「どのこと?」

「えーと、あの、その人が誰か分からんって気持ちの……。」

「またそれかよ!」

「でも、そのことが、一番しっくりくる。俺って、誰なんだろうなぁ、て気持ちが、一番しっくりくる。」

黒川は、花しすの顔を、じっと見つめた。

「じゃあ、結局他人が分からないって前に、自分が分からないってことですね。」

黒川の顔は美しかったが、じっと見続けると危険だった。黒川が誰だか、分からなくなってしまうからだ。

「池井戸さん? いや、どぉやん? どうしたんすか。」

隣で、朝比奈が、ぐが、と、いびきをかいた。

「池井戸さんがこんな話すの、珍しいですよね。」

黒川が言ったことを、酔った花しすは、ぼんやりした頭で聞いた。だがきっと、明日になれば、この言葉を、羞恥《しゅうち》と共に思い出すことになるだろう、と、どこかで思っていた。

今日の自分は、喋りすぎだ。ちらりと見たら、ポケットの中のレコーダーは、やはり静かに、点滅している。まるで自分を諫《いさ》めているようだと、花しすは思った。

2009年　8月23日

下着に、血がついていた。

ほとんど真っ黒い色をしていて、わずかな粘り気がある。花しすはぎょっとして、早朝のトイレで立ち尽くしてしまった。

咄嗟に生理予定日を思い出したが、まだずっと先だ。トイレットペーパーで下腹部を拭うと、下着についているほどの量ではないが、わずかに黒っぽい血液がついた。

花しすは下着を脱ぎ、下半身丸出しの状態で、洗面所に向かった。一人暮らしも8年目になると、家の中での自分は、どんどん、人に見せられないものになってゆく。

洗濯機に下着を放り込み、新しい下着を取って、またトイレに戻った。そして、ナプキンを貼り付けて、はいた。いつもはコーヒーを入れて飲むのだが、なんとなく飲む気にならず、花しすは9時になるまで、だらだらと部屋で過ごした。そして9時になると、準備をして、駅近くの婦人科医院に向かった。

こんなに早く家を出たのは久しぶりだった。もう、ちゃんと暑い。少し歩くと、すぐに汗が噴き出すのは、昼間と同じだ。

会社は、午前中という以外、特に決められた出勤時間がないので、連絡をしないで大丈夫だろうと思った。それに、事務の黒川という若い男に、黒い血が出たので産婦人科に行く、と電話するのは、少し、はばかられるものがあった。

駅の裏にある小さな婦人科医院は、看板だけを見て、前から存在は知っていたが、来るのは初めてである。朝9時から、そんなにたくさん来ていないだろうと思ったが、思ったよりも多くの人が、順番を待っていた。

初診であることを告げ、簡単な問診票を書いた。待合室には、何故か、お腹の大きな人はひとりもおらず、花しすのように、二十代に見える女の子が多かった。皆それぞれ、雑誌を読んだり、携帯を見たりしている。

中に、花しすの目を引く女の人がいた。

端に座った花しすから見ると、ちょうど対角線上に座っているのだが、座っているというより、うずくまっているといった様子だ。膝に、頭を埋《うず》めている。具合が悪いのだろうか、と、心配になったが、彼女がそうしているのは、受付の看護師から見える位置で、その看護師が、何も言わないのだった。

花しすは、彼女のことを気にしながらも、自分が口を出すことではない、と、思い直した。適当に女性誌を選んで、順番を待つ。今のところ、下半身から何かが出ている気配はないが、なんとなく落ち着かなかった。心なしか、生理のときの鈍痛があるような気もした。

しばらくすると、

「珠刈さん。珠刈さなえさん。」

と、看護師の呼ぶ声が聞こえ、あの女の人が顔を上げた。泣いていたのだろうか、それとも、ずっと俯《うつむ》いていたので鬱血していたのか。顔が、真っ赤になっている。

彼女は、はい、と小さな声で言い、億劫《おっくう》そうに立ち上がった。座っているときから思っていたが、随分太っていて、だが、こうやって顔を見ると、とても可愛らしい人だった。

診察室に消えて行った彼女をなんとなく見送ってから、花しすは雑誌に目を戻した。ひと月前のものだろう。水着特集をしていた。心配になるくらい細いモデルたちが、様々な水着を着て、思い思いのポーズを取っている。

花しすは無意識のうちに、彼女らの下半身に、脳内でモザイクをかけていた。今の事務所に勤め出して半年になるが、これは、完全に職業病である。街でもそうだった。短いスカートやパンツをはいた女性を見ると、知らず知らず、モザイクがけをしてしまうのだ。

入社した頃は、驚いた。

女性器を大画面で、まじまじと見るのだ。画面に映ったそれは、グロテスクという言葉では形容出来ないものだった。

だが、日にちが経つにつれ、それらが段々、愛嬌《あいきょう》のあるものに思えてきた。自分にもあるものだし、それぞれの間では、そんなに大差がないだろうと思っていた性器には、実は様々な、個性があるのだった。

花しすはたまに、それら性器たちが、自分に話しかけてくるような気がした。

少し上にスクロールすると、プエルトリカンやロシア人の美女たちが、にっこりとこちらに笑いかけたり、挑発的に舌を出しているのが見えるのだが、花しすは、女の子たちの顔よりずっと、彼女らの性器のほうが雄弁に、何かを物語っているような気持ちになるのだった。

それは陽気のことだったり、知らない動物のことだったり、花しすが手にしているお菓子のことだったりした。とても他愛のないもので、だから花しすはいつも、心がなごんだ。

一度、それを先輩の朝比奈に言ったことがある。朝比奈は、ひとしきり笑って、池井戸さんって、面白いね、と言った。

朝比奈はぶっきらぼうなところもあるが、優しかった。同僚の新田も、多くを話さないが、花しすのことをいろいろ気遣ってくれたし、顔も、素敵だと思った。黒川は、若くて美しいので、はじめはひるんだが、とても話しやすく、人懐っこい性格なので、人見知りの花しすでも、すぐに打ち解けることが出来た。この会社に入ってよかったと、花しすは思った。

雑誌に飽きて、また周囲を見回したが、景色は変わっていない。どこか不機嫌そうな女の子たちが、思い思いのことをしている。周囲に関心があるのは、どうやら花しすだけのようだ。それぞれに理由はあるのだろうが、専門医院に集まっている者同士、どこかしらの連帯感が生まれても、いいのではないだろうか。

皆、今から医者に、自分の性器を見せるのだ。

花しすは、おかしな気持ちがした。ここに座っている女の子たちのそれぞれの性器が、急に臨場感をもって、花しすに迫ってきた。自分の性器が、自分の代わりに、急に話し出したらどうしよう、そんな風に思って、恥ずかしくなっているのは、この場所で、自分だけだろうか。

しばらく待っていると、診察室から、先ほどの女の人が出てきた。たしか、珠刈さなえといった。花しすは、自分が彼女の名前を覚えていることが思いがけなく、そして、彼女のことがこんなにも気にかかることに、驚いた。

珠刈さなえは、はっきりと泣いていた。待合室の女の子たちは、皆、ちらりと彼女のほうを見たが、誰も声をかけることなく、すぐに、雑誌に視線を戻した。不思議だったが、皆、こういうことに、慣れているように見えた。

花しすは、雑誌を読むふりをして、ちらちらと、珠刈さなえを見続けた。珠刈さなえは先ほどと同じ席に座って、会計を待っている。声を立てはしないが、目から大粒の涙がぽろぽろこぼれていて、それを拭おうともしなかった。

花しすは思わず、ポケットに手を突っ込んだ。ハンカチがあるかと思ったが、そこには、硬いレコーダーがあるだけだった。

「池井戸さん。池井戸花しすさん。」

思いがけず早くに、名前が呼ばれた。花しすより先に待っている人もいるのだが、薬をもらいに来ただけかもしれない。

病院などで、自分の名前を呼ばれると、大抵の人は花しすを見たが、今回もそうだった。女の子たちは、雑誌からちらりと顔をあげた。そして、驚いたことに、珠刈さなえも、花しすのことを見た。一瞬、泣くのを忘れたように見えた。

花しすは、自分の名前が、何らか、珠刈さなえの役に立ったのだと思い、嬉しかった。それで思わず、珠刈さなえに、笑いかけてしまった。

珠刈さなえは、心底驚いた顔をした。だが、花しすが後悔する前に、少しだけ、笑ってくれた。今度は、花しすが驚いた。

診察室に入って、医者が不思議そうな顔でこちらを見ているので、やっと、自分がまだ、薄く笑っていることに気がついた。花しすはうっかり、自分が何の目的でここへ来たのか、忘れてしまいそうになった。泣いていた珠刈さなえが笑ってくれたのが、とても嬉しかったのだ。そして、その笑顔を引き出したのが、自分だということが。

「どうぞ座ってくださーい、ね。」

医者は五十代くらいの男性だった。頭が禿《は》げ上がり、大きく垂れた左の耳たぶに、ピアスみたいな黒子《ほくろ》がある。白衣は少し黄ばんで、胸に名札がついていて、『医師新田人生』と、書いてある。

「えっと、今朝トイレに行ったら、黒い血が出てたんですねぇ。」

「はい。」

新田は、あらかじめ花しすが書いていた問診票を見ながら、花しすに二、三、質問をしてきた。ペンを動かす度、手首に巻きついていた白いものが、ふわふわ揺れる。

「じゃあパンツ脱いで、そこに座って足を広げて待っててください。ちゃんと両足を足置きにおいてくださーい、ね。」

指差された先に、診察台があった。看護師に導かれ、そばまで行くと、看護師がカーテンを引いてくれた。白髪の女性だった。

「パンツ脱いで、ここに座って足を広げて、ちょっと待っててね。ちゃんと両足を足置きにおいてね。」

新田と、同じことを言う。

花しすは、言われるままにした。むきだしの下半身で座る診察台は、ひやりと冷たく、尻を動かすとビニールが、ぺた、ぺた、と、音を立てた。

「いい？　じゃあちょっと、診察台動きますからね。」

看護師の声が聞こえた途端、診察台が動き出した。

背もたれが、ゆっくり倒れる。それと同時に足の部分が持ち上がり、横に広がる。自然に開脚してゆくシステムである。ゆっくりした動きと裏腹に、ギュイーンと大げさな音を立てるので、少し怖かった。

え、こんなに、というほど開かされたとき、やっと、診察台は止まった。局部を明るみにさらしたことがなかったので、花しすはなんとなく、自分が、人間以外の、何らかの動物になったような気がした。

「じゃあ機械入れますからねー。まず消毒して、ジェル塗りますよー。」

新田の声が聞こえた。下半身が冷たくなり、ジェルが塗られたのが分かった。鈍い痛みと共に、器具が内部に入ってくる。

「力抜いて、ねー。」

力を入れていることが分かるのか、それとも、自分の性器が話したのだろうか。花しすがそんなことを考えているうちに、器具は花しすの内部をぐりぐりとかき回し、花しすは痛みにうめいた。

「痛いねー、我慢ねー。」

頭の禿げ上がった新田人生に、この痛みが分かるのだろうか。花しすは、心の中で、新田人生のピアスみたいな黒子の形を、じっと思い出した。

「はーい、もう大丈夫です。」

器具を抜くときにも、内臓をずるりと引きずり出されるような痛みを感じた。彼は医師だし、これはまっとうなプロセスなのだろうが、やはりどこか、陵辱《りょうじょく》されたような気持ちになった。

花しすは診察台の上で、しばし呆然としていた。また、あの大げさなギュイーン、という音が鳴り、診察台が元の位置に戻った。汗で、尻が診察台に貼り付いていた。花しすは、備えつけてあったウエットティッシュで、ノロノロと下腹部を拭き、下着を身に着けた。

「はーい、ここ座って。」

新田は先ほどの席に座り、カルテだろうか、何かを熱心に書いている。花しすが前に座っても、顔を上げない。

仕方なく机を見ると、隅に卓上カレンダーがあり、それは、可愛らしいパグの子犬が、バケツから顔を覗かせている写真だった。そういえば新田人生は、パグに似ているな、と、花しすは思った。

「子宮は綺麗です。卵巣は、右がちょっと腫《は》れてるけどね、ホルモンの影響でしょうねぇ。異常ありませんよ、大丈夫。」

新田は、ひとりで、うん、うん、とうなずいていた。花しすのほうには、右側しか向けていないので、ピアスのような黒子は、見えなかった。

「え、あの、じゃあ黒い血は。」

「不正出血です。ストレスですねぇ。あなた、26歳？　それくらいの年齢の子に多いんだけど、まずお腹を冷やさないことですね。あと、体重、もっと増やさなきゃー。」

「はあ。」

「あと、婦人科って初めて？」

「初めてです。」

新田は、やっと花しすのほうを見た。禿げ上がった頭の割に濃い眉毛を、少し上にあげて、驚いたような顔をした。

「これからは一年に一度は診察に来てくださいねぇ。26歳って若いようだけど、実は出産適齢期は過ぎてるんだから。」

「はあ。」

花しすが、曖昧な返事しかしないでいると、新田人生は、何故か胸を張った。

「これからは、ホルモン量は、減る一方です。」

何かを宣誓しているような言い方だった。

「あ、はい。はい！」

花しすはいつも、誰かの望むことをしてしまう。新田人生は、花しすに、自分と同じように、決然と答えてほしがっているように見えたのだ。

「赤ちゃん欲しいんでしょ？」

「え？」

「赤ちゃん！」

新田人生の言う赤ちゃん、という言葉が、とても奇妙なものに思えた。赤ちゃんは、イメージではあの赤ちゃんなのだが、今、新田人生が言っている赤ちゃんと、あの赤ちゃんが、花しすの頭の中で、うまく結びつかなかった。でも、ここで、正直にそういうことを言う選択肢はないだろう、と、花しすは思った。

「あ、はあ、まあ、いずれは。」

花しすは、新田に、少し媚びるのだった。

「あのね、もう、いずれって言ってる年齢でも、ないんですよう。今は高齢出産が多いけど、多いからって、体が変わったわけではないんです。うむ。」

新田は、机の上に置いてあるファイルから、ピンク色の紙を取り出し、花しすに差し出した。花しすが受け取ると、それは三ページほどの小冊子になっていて、表紙には、「お母さんになるために」とあり、その下に、裸の女性と、赤ん坊の絵が描いてある。

「それ、僕が書いたの。」

「え、この絵ですか。」

「絵もだけど、冊子全部！　時間かかったんだから、読んでおいてね。」

「はあ。」

赤ん坊の隣には、赤ん坊のものだろう、「はじめまして！」という台詞《せりふ》が書かれている。

は　じ　め　ま　し　て　！

こんな風に、空から降ってくるように、書いてある。

「はい、じゃあ、お大事に。」

「はあ。」

ほっとして、花しすは席を立った。

大きな病気が見つかったわけではないから良かったのだが、「ストレス」の一言で片付けられるには、あの内臓をかき回されるような恐怖の結果として、割に合わないような気がした。

これで、いくら取られるのだろう、そんな風にケチくさいことを考えてしまうのは、花しすの給料が乏しく、それに比して、今のマンションの家賃が、そこそこ高いからだった。

以前勤めていたデザイン会社の給料は、会社自体の景気が良かったからか、そこそこ高額だった。家賃を払っても、十分に暮らすことが出来たし、そもそも今のマンションは、その会社の給料と立地に合わせて、借りたのだった。忙しかったので、あまり遊びに行くような暇もなく、また、外食も、すべて恋人が支払ってくれていた。

彼は、妻帯者だった。

別れを切りだしたのは、彼のほうだったが、花しすが泣く前に、肩を震わせて泣いていた。

悲しかったが、彼のことを卑怯だなどと、糾弾する気には、まったくなれなかった。口に出しては言わなかったが、自分たちの関係は、はじめから終わりを見据えたものだという了解はあった。

彼は、同じ会社の上司だった。別れた後は、普通の部下と上司に戻ろう、と言ってくれてはいたが、やはり、そうもいかなかった。職場の誰にも、仲のいい同僚にさえ、ふたりの関係は知られていなかったが、花しすが遠慮した。自分がいたのでは、やりにくかろう、と思ったのだ。

だが結局、そんな風に思う心のどこかで、彼が新しい誰かと恋をする瞬間を、目の当たりにしたくなかったのも、事実だった。妻のことよりも、彼が、自分以外の誰かを思う段になって初めて、自分は彼のことを、はっきりと憎むだろう。そして、人を憎むことが、花しすは怖かった。

会社をやめ、しばらくは失業保険で暮らしたが、貯金もなくなり、今の会社に就職を決めた。職場は気に入ったが、給料は三分の二ほどに減り、もう、食事を奢ってくれる人間も、いなくなった。花しすは四キロも痩せた。

引っ越そうか、と何度も思ったが、なんだかんだ言って、そこそこやりくり出来てしまうし、面倒くさいしで、結局はずるずると、い続けてしまっている。何か後押ししてくれるものがあればなぁ、と、花しすはやはり、何か任せにしてしまうのだった。

診察料は、一三〇〇円だった。昼ごはん二回、いや頑張ったら三回食べられた、と、思った。

外に出ると、まだ10時になっていなかった。出勤するにはちょうどいい。下腹部の違和感は取れないし、やはり、無駄な出費をしてしまったようには思ったが、花しすは気を取り直し、駅に向かって歩き出した。

「あの。」

そのとき、背後から、声をかけられた。振り向く前に、花しすは、なんとなく予想していた。

振り向くと、やはりそこには、珠刈さなえがいた。

花しすより、頭ひとつ分ほど小さく、首に、白いものがしっかりと巻きついている。目は赤かったが、もう、泣いてはいなかった。

「初めまして。私、珠刈さなえといいます。」

花しすが頭を下げると、珠刈さなえは、恥ずかしそうに、笑った。とても可愛い笑顔だった。

「さっきは、あの、笑ってくれて、ありがとぉ。」

珠刈さなえは、そう言った。ありがとう、と言うときの発音が、自分と同じだな、と、花しすは思った。

「ううん、あの、こちらこそ、ありがとぉ。」

　何に対しての礼なのか、自分でも分からぬままに、花しすがそう言うと、珠刈さなえは、

「あれ、大阪ですか。」

と言った。先ほどまで、膝に顔を埋めて泣いていたとは思えない、柔らかな雰囲気だった。

「はい、そうなんです。一人暮らしで。」

「私も。大阪弁って、抜けないですよね。」

　珠刈さなえと花しすは、自然に、駅まで一緒に歩いた。珠刈さなえは、急に声をかけたことを花しすに詫び、最悪の気分だったところを、花しすの笑顔に救われたのだと言った。

「初対面で、こんなこと言うのん、引かれるかもしれへんけど、私、昨日子どもおろして。」

「そうなんですか。」

　ひるんではいけない、と、花しすは思った。ひるむと、きっと珠刈さなえを傷つけることに、なるだろう。

「今朝になって、また出血があったんで、来たんですけど。もう、ほんまに、ほんま

に気分が最悪で。待合室にいる女の子らが、なんかすごく怖く見えて、自分も、おろしたくておろしたわけと違うかったし、なんか、自分が、どうしようもない人間に思えて。だから、あの、笑いかけてくれて、本当に、嬉しかった。」

「そうなんですね。あ、私、池井戸花しすといいます。」

「素敵な名前やね。」

「ありがとぉ。」

駅まで行く間に、花しすと珠刈さなえは、友達になった。花しすは珠刈さなえに、子どもをおろした理由は聞かなかった。聞いたら、何でも、どこまでも話してくれるだろうと、思ったからだ。

ちらりと横顔を見ると、珠刈さなえの頭に、白いものが乗っている。首から移動したのだ。目はないのに、花しすはその白いものと、目が合ったような気がした。

２０１１年　12月23日

朝比奈が来る前に、修整を済ませておこうと思った。手伝うとは言ってくれたが、それでは自分が来る意味がない。

花しすは、午前中に資料が届いていることを信じて、11時に出社した。鍵は、それぞれの社員が持っている。アルバイトである黒川もだ。沢井は、鍵を渡すのは皆を信頼している証拠だと言ったが、それを言うところが沢井だ、と、朝比奈が言った。朝比奈の沢井に対する思いは、なかなか根深いようである。

いつもは、黒川が最初に来て、コーヒーを入れたり、コピー機のスイッチを入れたり、窓を開けて空気を入れ替えた後、暖房を入れたりしていてくれるが、今日は、それら一連のことを、花しすがやることになる。

花しすは、なんとなく緊張していた。

休日に小学校に来たときのような、小さな頃、家で留守番をしていたときのような気持ちだ。自分は、れっきとした休日出勤、仕事なのだが、やってはいけないことをしているような、何かしらの罪悪感が、あるのだった。

事務所は、冷蔵庫の中のような寒さだった。キィン、と、冷たい音がしそうだ。室内なのに、吐く息が白く、花しすは慌てて、暖房をつけた。そして、あたたまるまで、コートを着たまま、席で丸まっていた。黒川は、毎日この寒さを経験しているのだ。そう思うと、ゆとりだとか、色気がないとか思っていた黒川が、とても大きな、まるでさなえのような、優しい人物に思えた。

資料は朝比奈のパソコンにメールで届いているはずだった。昨晩朝比奈から、勝手にメールを見てもいいと言われていたので、朝比奈のパソコンを立ち上げた。

来ていないだろうな、と思っていたら、思いがけず届いていた。履歴を見ると、午前8時52分。もっと早く来ればよかったと思ったが、昨晩の朝比奈の様子を見ていると、来るのは、二日酔いが少しおさまった夕方近くだろう。

やっと事務所があたたかくなったので、花しすはコートを脱いだ。黒いコートについた糸くずをひとつ、なんとなく取ってみると、急に他のものも気になりだして、20分ほどを、その作業についやしてしまった。満足するまでやると、両目がふわふわと浮いたようになった。少し休もう、まだ始めてもいないのにそう決めて、花しすは椅子に、深く座り直した。

花しすは、朝昼兼用に、サンドウィッチやおにぎりを買っていた。コーヒーを入れ、それらを食べた。いつもしていることなのに、しんと静まり返った事務所で食べるのは、なんとなく、趣が違うものだった。

DVDが並んだ棚、写真集や資料が並んだ棚、黒川が綺麗に掃除をしている、小さなキッチン。窓ガラスの中には針金の格子が通っていて、床はグレーの汚れたカーペット、急いで出て行ったのか、沢井のふわふわスリッパが、ひっくり返った状態で、床に投げ出されている。そして壁には、あのふざけた社訓。

『
あかるく
ふまんをもたない
あつりょくにまけない
しゅしょうなきもちで
』

とても静かだった。

ひとりだ。急に、そう思って、花しすは思わず、息を止めた。

どく、どく、という心臓の音が、耳元で聞こえた。まるでそこに心臓があるように、きちんと聞こえた。こんなに大きな音なのに、これを聞いているのは、自分だけだろう。よもや周囲に漏れ聞こえたとしても、それを聞く人は、誰もいないのだ。

あのスーパーと同じだ。普段当たり前にあるものがないと、不安になる。この事務所でひとりきりなのは、初めてなのだ。皆がいないこの場所は、皆がいない分だけ、ぽっかりと大きな穴が空いたようだった。花しすは自分を、その穴と対峙《たいじ》する、孤独な熊のようだと思った。とても、寂しかった。

花しすは、ポケットに、そっと手を入れた。ここで、録音したものを聞いてみようか、急に、そう思ったのだ。そう思った瞬間、孤独は少し、和らいだ。

小さな音で聞いていれば、朝比奈が階段をあがって来る音は聞こえるだろう。花しすはすがるように、レコーダーを取り出した。

レコーダーには、二一件の「音」が録音されている。

大抵は、家のパソコンに移して消去してしまうのだが、たまに、布団の中で聞きたくなるときのために、二〇件ほどは、残してあるのだ。

花しすは、保存されているものの中で、最も古いものを表示させた。日付は、12月19日になっている。

再生ボタンを押すと、急に、大きな笑い声が聞こえた。ガチャガチャと食器が鳴る音、歌謡曲、たくさんの人が話す声。すぐに、月曜日の忘年会だと分かった。花しすはほっと、ため息をついた。

「だからもう不景気のせいにするのやめようよ！」

吉沢だ。離れて座っていた吉沢の声は遠く、隣に座っていた朝比奈の、

「また同じこと言う。」

という声が、大きく聞こえた。

「酔うとあればっかだね。」

「そうですね。」

花しすの声である。

「そりゃ、日本中ど…も、ぜーんぶだめだっ……んなら分かるよ。でも、そんな中だってうまくいってると……ら、言い訳しちゃだ……、沢井は甘えてんだよ!」

「甘えて……よーだ!」

「すいませーん、ビールふたつ、あ、みっつ!」

「甘えてるよお前は、大体社長……て、俺がい……めなんだから。」

「ひどーい!」

「吉沢さんと沢井さんのやり取りって、キモイよね。」

「朝比奈さん、聞こえますよ。」

花しすは、あの日のことを思い出し、酒など飲んでいないのに、酔っているような気持ちになった。

「ここ座っていいっすか。」

「おお、黒川。」

「あの席きついっすよ。沢井さんがもう、女全開で。」

あのとき、沢井の近くに座っていた黒川が、こっそり花しすらの席へ移動して来たのだった。そういえば、黒川はそのときも、レモンサワーを飲んでいた。

花しすは、朝比奈のパソコンから、自分のパソコンへ、送られてきた資料を転送した。

自分の席に座り、コーヒーを飲みながら、作業を始める。

皆の声や自分の声を聞きながら仕事をするのは、妙な感じだった。小さな頃、海の中でおしっこをしたときのような、やはり小さな罪悪感が、あるのだった。だが花しすは、欲望に抗えず、結局こうやって、過去の声を聞いてしまうのだ。

「横塚君、飲んでるぅ？」

「は…んで……。」

自分のパソコンでメールを開くと、重いのか、なかなか開かなかった。だがやがて、裸の女の子たちが、次々に姿を現した。

「始まりましたよ沢井さん。」

「ほんとだねぇ。」

「何それ、ウーロン……いのぉ？」

「ちが…………よ。」

「薄いよ、色が薄い！　私が飲ん……る！」

「あーあ、あれ、男がやったらセクハラでしょうよ。同じグラスに口つけて。」

「おおい、そこ三人、同じ会社で固まらない！」

「あ、はい、すみません。仲がいいんで。」

「沢井のこともっとかまってやってくれよー、あれ、もうひと……った？」

「トイレです。」

「横塚君、薄いよこれー！　焼酎入れ……っと。」

M字に開脚しているMARYは、修整のしがいがあった。

うつ伏せになり、頬杖をついてこちらを見ているLILYは、修整の必要はないだろう。

あぐらをかいてキャンディーを舐めているSAMANTHAは、足で隠れているようで、よく見ると、性器の赤が映っているから、軽く、ぼかしを入れたほうがいい。

花しすは、ひとりひとり、丁寧に修整を始めた。

フォトショップでほどよいモザイクを作り、想像の余地を残しながら修整してゆく。もう慣れた作業だったが、それでもひとつひとつ違う性器に対峙していると、厳かな気持ちになった。

拡大してモザイクを入れ、また、元のサイズに戻して確認する。拡大していたときはほどよいと思っていても、普通のサイズで見ると、真っ黒になっていたり、モザイクが大きすぎたりして、入社した頃は、それが難しかった。

「よし俺も席……よう。」

「うわ吉沢こっち来るよ。」

「しっ、朝比奈さん聞こえますよ。」

拡大した性器は、大きく花弁を広げた花のようにも見えたし、マグマが噴出している溶岩のようにも見えた。

「よっこいしょ！」

「あー……。」

「あれ、俺のグラスは？　まあいいか、これで。よし、かんぱい！」

「あー、はい。」

「君らは仲いいなぁ！」

「あーちょっと吉沢さん、うちの子たちに……けないでよー。」

そのとき、ぷつん、という音と共に、急に、パソコンの画面が暗くなった。花しすは、え、と声に出した。マウスを動かしたが、まったく反応しない。

「なんで。」

壊れたのだろうか。画像が重すぎたのか。だが今まで、こんなことはなかった。花しすは意味もなく画面に触れ、マウスを乱暴に動かした。暗いままである。

「なんで。」

花しすはそのとき、はっきりと苛立っていたのだが、骨を通して響いてくる自分の声は、レコーダーの声と同じように、抑揚がなかった。

朝比奈はまだ来ないだろう。どうすればいいのだろうか。花しすは意味もなく朝比奈のパソコンを見て、それからまた、自分のパソコンに触れた。しばらく軽く揺すったり、叩いたりしてみたが、まったく反応しない。花しすはいよいよ苛立ち、画面を、強く叩いた。

「なんで、なんでー。」

抑揚のない自分の声が、気持ち悪かった。自分の声は、レコーダーから流れてくる皆の声に、はっきりとかき消されている。弱かった。

「池井戸さん、ていったっけ？　君、大人しいねぇ！」

吉沢の声だ。花しすは、レコーダーを見た。

「もっとほら、自分の意見とかないの？」

顔が、カッと熱くなった。自分は何をしているのだろう。

「もう！」

花しすは思わず、大きな声を出した。家でも出さないような、大声だった。すると、不思議なことに、パッと、画面が明るくなった。

画面には再び、女の子の性器が、大きく映っている。

目が合ったような気がして、花しすは目を逸《そ》らした。恥ずかしかった。

休日の会社で、こそこそと録音した記録を聞いている自分が、今さら、馬鹿みたいに思えた。顔がまだ熱い。

花しすは、乱暴にレコーダーを止めた。再び、しんと静かになった。レコーダーをポケットに入れようと思ったが、思い立って、自分のゴミ箱に入れた。がつん、と、乱暴な音がして、その衝撃で、何故かまた、スイッチが入ってしまった。

ガサガサ、という音。そして、自分の声が、大きく聞こえた。

「はい。分からないです。何味ですか。」

忘年会帰りの、タクシーだ。花しすは悲しくなった。ゴミ箱に手を突っ込んで、停止ボタンを押せばいい。なのにそれが出来ない自分が、悲しかった。もう顔は熱くなかったが、代わりに、どこかひやりとした冷たさが蘇り、より一層、花しすをあおった。

「なんだろうね、抹茶、黒糖、小豆、なんせ、和風だね、和風。」

甲高い声である。花しすは、運転手の赤かった手を思い出した。

「あ！　噛んだ！　お客さん若いね！」

「若いですか。」

「最近の若い人はね、飴あげるとすぐ嚙んじゃうの。数えてるけど、5秒くらいで、ガリって。」

「どうして若い人が。」

「お腹すいてる人が多いんだよ。」

「はあ。」

「あと、最近の食べ物柔らかいものが多いでしょう。だから挑戦したいんだよ、若い人はね、固いもんに。」

「へえ。」

花しすはあきらめて、画面に意識を集中した。レコーダーは、そのままにしておいた。どちらにせよ、こんな静かな事務所では、落ち着かなくて仕事にならない。だがそれはもちろん、言い訳だった。

「最近の若い子はさ、すぐ山登るじゃない。」

「山ですか。」

「そう。富士山とかさ、流行ってんでしょ?」

「ああ、そうですね。特に女性の間で流行ってますよね。屋久島に行ったり。」

「屋久島は知らないけどさ。」

「すみません。」

すっかり剃毛している女の子は、MAYAだった。この子も、M字開脚をしていて、挙句、毛がないので、ぱっくりと開いた性器は、どこか違う世界に通じる、洞穴のように見える。神様がいる場所みたいだ、と、花しすは思った。

窓の外から、ヒュイーッという、鳥の声が聞こえる。聞いたこともない声だった。花しすは一瞬窓を見たが、すぐに、画面に戻った。

いつものように、画面を拡大しようと思ったのだが、何かが気になった。何だろう。花しすは、手を止めた。

MAYAの顔に、見覚えがあるのだ。

アーモンド形の、少し離れた大きな目と、きゅっとあがった口角。鼻にピアスをしていて、眉毛は綺麗に整えられている。どこか日本的にも見える、MAYAの顔。

「挑戦したいんだよねぇ。固いもんとか、高いもんに。それで泣くんでしょ?」

「泣く?」

「山登ったらさ、泣くんだって、みんな。そうなんでしょ。若い人は。泣くんだよ、山に登って。泣きたいんだね。泣きたいんだよ、若い人は。だって、よく見るじゃない。泣ける映画とか、泣ける本とかね。泣きたいんだよねぇ、若い人は。」

花しすは、あ、と、声をあげそうになった。

これは、EVRYNではないか。

ほとんど整えられていなかった眉毛は、細いアーチ形になっている。だが、どこか幼く見える笑い顔や、太もものヒヨコのタトゥーは、EVRYNではないか。EVRYNだ。イヴリンだ。

毛がなくなっている。

あんなにあった、太った黒猫のような毛が、まったくなくなっていた。

「あの、新田さんは、固いもんを食べたり、つまり、挑戦したいな、と思わないんですか。」

「挑戦？」

「はい。」

「山登ったりとか？」

「ええ、まあ、はい。」

「やだよー。富士山疲れちゃうもん。」

「人生さんは、富士山登ったことあるんですか。」

「ないけど、でも、疲れちゃうでしょう。」

花しすは、イヴリンの性器を拡大してみた。黒い胡蝶蘭《こちょうらん》のように開いた襞の奥に、真っ赤な穴が空いていた。それはどこまでも続いてゆくように見えた。終わりなどないもののように見えた。

花しすは、はからずも、イヴリンそのもの、イヴリンを構成している核のようなものに、出合った気分だった。

「おじさんわざわざ泣きたくないんだもの！」

レコーダーから、ガサガサ、という、耳慣れた音が聞こえる。車が停まったのだろう。金を払う際のやり取り、運転手の声、夜の音。

花しすは、じっとしていた。動かなかった。

イヴリンの性器を前に、そして、あの夜、一瞬会っただけの運転手の声を耳にして、花しすは、自分がどこにいるのか、何をしているのか、分からなくなった。不安を感じるとすぐレコーダーに手を伸ばし、過去をなぞったような気になっている自分を、イヴリンの性器が、「核」が、ものいいたげに、じっと見ているように思った。

私は、何をしてきたのだろう。

私は、何をしているのだろう。

「知ってるでしょう。」

ゴミ箱から、声が聞こえた。新田人生の、声だった。花しすの胸の中で、心臓が跳ねた。跳ねる音が、聞こえるのではないかと、思うほどだった。

花しすは、ゴミ箱の中で光っているレコーダーを見た。新田人生とのやり取りは、もう、終わったはずだった。金を払い、速やかにタクシーを降りて、花しすはそのとき、自分の吐いた息の、雪のような白さを、見ていたはずだった。

「自分が何をしているのかは、分かっているでしょう。」

花しすは、その場を動けなかった。レコーダーを止めようと思うのだが、体が固まって、指も動かせなかった。

「分かっているって、何がですか。」

自分の声だ。間違いなく、自分の声だった。

「いやさ、まあねぇ、若い人だって、年寄りだって、自分が今何してるかなんて、そんな考えないでしょうよ、大体分かってるんだから。いや、分かってないのと分かってるのと、一緒かな。だって、生きてるんだから。」

「生きてるって何ですか。」

「ありゃあ、また面倒くさい話だねぇ。生きてるって、今あなたがそうしてることでしょうよ。そうやって生きてるって何ですかって聞いてるあなたが、まさに生きてるんでしょうよ。」

「じゃあ心臓が動いてたら生きてるってことですか。」

自分が他人に、こんな風に、憤った、苛立った声を出すことに、花しすは驚いた。こんなことは話していない。こんな過去もない。だからこれは自分ではない、はずだ。

でもその声は、どう考えても、花しす自身の声なのだった。

「どうしたんですかぁ、まさかあなた、生きてる実感がないとか、そういうこと言うんじゃないでしょうね。若い人はすぐそういうこと言うんだから。そんで富士山登ったり固いもん食べたりして、実感した、生きてる、つって泣くんでしょうよ。」

これは新田人生、のはずだ。でも、新田人生は、こんな声だっただろうか。そもそも、新田人生とは、どのような人だっただろうか。

「ほら、そうやって私のことを、忘れていくでしょう。」

花しすは、え、と、声を出した。自分の、今現在思っていることに、新田人生が返事をしたように思ったのだ。

「いや驚いてますけどね、あなた、今までたくさんの新田人生と会ってきたでしょう。でもその人たちをね、あなたはすっかり、忘れてきてるんですよ。」

花しすは、背中に冷たい水をかけられたような気持ちになった。新田人生は、本当に、返事をしていた。何だこれは。まるでホラーだ。

「忘れてね、生きてきてるんですよ。そしてそれがね、生きるってことなのかもしれないですよ。ほら、この声、覚えてますか。」

ジジジジジ、と、テープが巻き戻されるような音がした。花しすは、なすすべもなく、その場で固まっていた。

「忘れんといてな。」

それは、母の声だった。

1994年　8月2日

今日は、洗濯物を取り入れて、玄関の掃除をした。

夏休みに入って、花しすは、母の手伝いをよくするようになった。

料理は、学校の家庭科で習った、きゅうりの千切りや、卵焼きを作ること、などしか出来ず、かえって母の手をわずらわせたが、皿洗い、掃除、洗濯物の取り入れなどは得意で、母を喜ばせた。

介護用の大きなベッドで眠っている祖母は、随分小さくなったように見えた。

食事は母が、薄い味の煮物や、茹《ゆ》でたブロッコリーを、ミキサーにかけて流動食にした。ミキサーの立てる、ぐおん、ぐおん、という音が、花しすの家の日常になった。

母はどろどろになったそれを必ず味見して、小さなプラスチックの器によそった。花しすが見ていると、母は「食べる？」と聞いてきたが、とても食べたいとは思わなかった。首を振る花しすを見て、母は、声を立てて笑った。

「かしすも、赤ちゃんのときは、こんなん食べてたんやで。」

そして、花しすを試すように、付け足すのだった。

「かしすも大人になって、しっかり大人をやって、やりきったら、また、赤ちゃんに戻るねんで。」

流しに置いたミキサーに、水を入れておくのは、花しすの仕事だった。こうしていれば、汚れが落ちやすくなるのだと、母は言った。水を勢いよく入れると、残った流動食がはねて、花しすの服を汚した。元は煮物だ、ブロッコリーだと分かっているのに、どろどろしていると、途端に気持ち悪くなった。そしてそのことは、母には言ってはいけないことだと分かっていた。

もっと気持ち悪かったのは、祖母の排泄だった。母は日に何度も、祖母の排泄物をトイレに捨て、容器を洗った。流動食を食べていても、ほとんど眠っていても、祖母の排泄物は、とてもにおった。強烈だった。そのにおいのせいもあって、花しすはいつも、母が祖母の排泄を手伝うのを、遠巻きに見ていた。母は、祖母が排泄しているところを見えないようにするため、布団で手元を隠していた。それは花しすに対する配慮ではなく、女性である祖母に対する配慮だった。

「お母さんこれ、おばあちゃんのタオル。」

「はい、置いといて。」

祖母のタオルは、家族のものとは別にあった。母が、黄色いタオルを、大量に買ってきたのだ。祖母の体や、唇から漏れ出た、何らかのものを拭くためである。毎日、何枚も洗濯をする。畳《たた》んだタオルは、毛羽立って古くなったものは、最終的に雑巾になったが、まだ柔らかいものは、綺麗に畳んで、祖母の枕元に、置いておくのだ。それも大概が、花しすの仕事だった。

母は、主なことは自分でしたが、花しすを常に、祖母に近しい場所にいさせた。間接的にでも、花しすが祖母に関わっているのだと思わせた。そして祖母のことに関して、花しすが手伝うことに、決して礼を言わなかった。「世話をしてやってるのだ」と、花しすが思わないようにするためだ。そして実際、花しすは、そんな風に思ったことはなかった。

母は、一番柔らかいタオルで、祖母の汗を拭いた。

ベッド脇に置いた椅子から、腰を浮かし、伸ばしたふくらはぎに、筋肉が浮かび上がっている。花しすは、母の隣に立って、祖母の顔を覗いた。

母の細くて白い手に、タオルの黄色が、わずかに映っていた。祖母の部屋は西側に面しているので、西日が当たっている。母は、花しすが声をあげそうになるほど、ゆっくり、ゆっくり、汗を拭いていた。祖母の汗を拭いている母こそ、大量の汗をかいていた。クーラーは利いているのだが、母のそばに立つと、母の体から発せられる熱で、息苦しくなった。

「忘れんといてな。」

そのとき、母がふいに、そう言った。

「何を？」

花しすは、母の横顔を、じっと見た。西日が当たった母の顔は綺麗で、少しエラが張っているのが、線の細さを、より際立たせていた。

よく見ると、形のいい耳たぶに、産毛が生えていて、それが金色に光っている。一度それを発見すると、異様に鮮明に、花しすの瞳に映った。産毛は一本一本、綺麗に等間隔に生えていて、時々飛びぬけて長いものがあった。そんなはずはないのに、それらは何故か、濡れているように見えた。産毛をひとつひとつ辿ってゆくと、もみあげ、そして、頰、小鼻につながり、母の顔は、実はびっしりと、金色の産毛で覆われているのだった。

「いろんなこと。」

母の言葉で、我に返った。

あんなに鮮明に見えていた産毛は、たちまちぼんやりとぼやけ、代わりに、母の目や鼻や、長い黒髪などが、くっきりと陰影を描いて、こちらに迫ってきた。

「いろんなことって？」

「なんやろなぁ、お母さんも分からへんけど、こうやってお母さんがおばあちゃんの顔拭いてることとか、花しすがそれを見てることとか。」

「なんで？」

「なんでって？」

「なんで忘れたらあかんの？」

「忘れたらあかんってことはないよ。でも、せやなぁ、なんか、この瞬間を、花しすには忘れんといてほしいなぁ、て、思っただけ。」

「ふうん。」

花しすには、母の言わんとしていることが、はっきりとは分からなかった。でも、穏やかな話し方とは裏腹に、母が切実にそれを思っていることだけは、分かった。

「忘れへんよ。」

「ほんま？」

「うん。忘れへんよ、お母さんが、おばあちゃんの顔拭いてることとか、うちがお母さんを見てることとか。」

「ありがとぉ。」

母は、本当に嬉しそうに笑った。その笑顔で、花しすは、話をする勇気を得た。

「お母さんは、なんでおばあちゃんの面倒見るの？」

「なんでって？」

いつも、家にいなかったのに、とは、言えなかった。

「だって、おばあちゃん、お母さんのほんまのお母さんと違うやん。」

母は、祖母の顔を拭くのをやめた。タオルを広げ、祖母の首元にふわりと広げた。黄色いタオルが反射して、祖母の顔はつやつやと光ったが、西日は、少し、陰ったように思った。じっと見ようとしても、先ほどのように鮮明に、母の産毛を見ることは、出来なかったのだ。

「同じ女の人やろ。」

母は言った。

「お母さんもおばあちゃんも、同じ、女の人やろ。」

それで、すべてが分かるだろう、というような言い方だった。

花しすには、もちろん分からなかった。でも、では、男だったら面倒を見なかったのか、同じ女だから、どうだというのだ、というようなことを、問いただす必要がないのは、分かった。母は、決然としていた。

「お母さんもおばあちゃんも、同じ、女の人やろ。」

その中に、自分も含まれているのだろうか。

花しすは母に、それだけは聞いてみたい気がした。だが、何を言われても傷つきそうで、そして傷つけられたものの正体が、結局分からないままでありそうなので、やめておいた。

「な。花しす。忘れんといてな。」

母のこめかみから、汗が一筋、するすると流れ、顎を伝って、畳に落ちた。花しすはその行く末を見ながら、11歳の自分には、分からないことだらけだと、思った。

２０１１年　12月23日

花しすは、レコーダーを見つめ続けた。

再生を示す緑のランプではなく、録音を示す赤いランプが点灯している。どういうことか。

さっきの声は、絶対に、自分と、そして、母のものだった。空耳ではない、はずだ。

花しすはやっと体を動かし、周囲を見回した。いつもの事務所だ。

ＤＶＤが並んだ棚、写真集や資料が並んだ棚、黒川が綺麗に掃除をしている、小さなキッチン。窓ガラスの中には針金の格子が通っていて、床はグレーの汚れたカーペット、急いで出て行ったのか、沢井のふわふわスリッパが、ひっくり返った状態で、床に投げ出されている。そして壁には、あのふざけた社訓。

『
あかるく
ふまんをもたない
あつりょくにまけない

『しゅしょうなきもちで』

朝比奈が来ないだろうか。時計を見たが、12時にもなっていない。まだ来ないだろうし、もし来ても、この状況をうまく説明出来るか、自信がなかった。

「思い出したの？」

花しすは、ひ、と声をあげ、腰を抜かした。新田人生の声だった。

「お母さんのこととか、新田人生のこととか、さ。ねぇ、忘れてたでしょう。今まであなたは、いろんな人と関わって、いろんな人に影響を受けて、与えて、生きてきて、そしてそのことを忘れてしまって、でも尚《なお》、生きてる。」

「忘れたくない。」

花しすの、自分の声だ。自分が話したはずはない、だが、自分の声だった。

「忘れたくないんです。今も忘れてた。あなたのことも、母の言葉も。今あなたに言われるまで、忘れてた。私は忘れたくないんです。だからこうやって、レコーダーに記録してるんです。」

「嘘だねぇ。」

「嘘じゃありません！」

存在しない過去の自分が言ったのか、それとも現在の自分が言ったのか、分からなかった。ただ、自分がこんなに声を荒らげることがあるのだと、どこかで冷静に、驚いていた。

「どれも私にとって大切な『今』なのに、それを忘れてしまうのが怖いんです。だから『今』を、保存しておきたいんです。」

「あなたは、みんなの『今』を保存しておきたいんじゃないでしょう。あなたは、自分の、自分だけの『今』を保存したいんだ。あなたの周りには、たくさんの人の、たくさんの『今』があるのに、あなたは自分の声の入った、自分が知っている、自分だけの『今』を残している。」

「だって、だって……、私がいない場所では、記録しておけないじゃないですか。自分がいる場所でしか、不可能じゃないですか！」

「あなたは、忘れたくないんじゃない。自分のことを、忘れてほしくないんだ。」

花しすは黙った。いや、先ほどから黙っていたのだろうか。自分の声は、レコーダーから発されたのか、この口が言ったのか。

「自分のことを忘れてほしくないんでしょう、みんなに。だからせめて自分で、自分の声を、自分がいた場面を、覚えておこうとしているんだ。」

新田人生の声は、甲高い。もはやその声が、花しすには懐かしかった。

「でもそれは、悪いことじゃない。みんなそうなんですから。みんな、自分のことは、忘れてほしくないんだ。でも忘れられて、忘れて、そして今を生きてる。あなたは、誰かと能動的に関わってゆくことが、忘れられない確かな方法であるということを知っているはずだ。でも出来ない。出来ないから、せめて、記録しておこうとしている。」

「私は、……。」

「あなたには、言いたいことがたくさんあるはずだ。そしてそれを言わないでいるのは、その人を傷つけたくないからではなくて、自分が嫌われるのが怖いからだ。」

「だって。」

「そして、それだって悪くない。みんな自分が好きなんだ。みんな、みんな自分が好きなんだ。でも、愛があれば、誰かを愛してるって、強い気持ちがあったら、その人を傷つけることは、怖くなくなるはずなんだ。」

新田人生の声は、甲高かったはずだった。だが今、その声は、様々に変わっていた。声も、話し方も、様々な新田人生の声が、様々なやり方で、花しすに訴えかけてきた。

「朝比奈さんに聞いたらええやん。苦しくないのか、て。それで朝比奈さんが傷ついても、怒っても、それがあなたの愛に裏打ちされた言葉なんやったら、それでええやんか。」

「さなえちゃんの声を録音してこなかったのは、さなえちゃんが、自分のことを決して忘れることがないと、自信を持っているからなんでしょう？　出会ったときからずっと、さなえちゃんがあなたに、全部をさらけ出してくれているから、安心なんでしょう。自信や安心それ自体は、愛ではないけれど、愛に変わりゆく大きな種であることは、間違いないでしょう。」

「それでももし、いつかさなえちゃんが、あなたのことを忘れても、あなたがさなえちゃんのことを忘れても、大丈夫なんじゃないすか？」

「朝比奈さんが怒っても、愛があったら伝わりますよ！」

「最初から大丈夫やん。分かってたやん。」

「朝比奈さんを忘れても、忘れなくても、誰かを傷つけても、忘れても、やっぱり忘れなくても、何をしても、何をしていたって、あなたは大丈夫だって、知ってるじゃない。」

「そうやん、物心ついたときから、あの日から、知ってるやんか！」

「だってあなたは見たんだ。それを。ねぇ、そして今、毎日、見ているんだ。」

いつの間にかその声は、どこかの「新田人生」ではなく、花しすが忘れてしまった誰かではなく、花しすの人生に関わった、直接的にでも、間接的にでも関わってきた、たくさんの人の声に変わっていた。

「見てたんと声に出すんは違うやん！」

畑瑞樹だ。

みずきちゃん、と声に出しながら、花しすは、レコーダーが次に、誰の声を再生するのかを、待っていた。

果たしてレコーダーは、懐かしい人の声を、次々に再生していった。

花しすの家族、仲の良かった友人、名前も思い出せない人、もう会えない恋人、猫たち、すれ違っただけの人、それらの声を、録音していなかったはずの声を、次々と。

「何色が欲しい？」

「ちゃんと手洗いなさいよ。」

「はなちゃんは独り占めできてええなぁ。」

「もうちょっと頑張れる？」

「合い言葉を言え。」

「これ持っといてー。」

「どぉやん一緒に行こうやー。」

「夏休みどっか行くん？」

「おえー、まずーい。」

「一年、声だせー。」

「ことちゃんのお母さん、手大きすぎひん？」

「それ、めっさおもろかってん。」
あ
にゃ
「ありがとう！」
「あかんバレるバレる！」「ほんならあさってにしよっか。」
「池ちゃん足速いなぁ！」
「いいよね、大阪弁。俺好き。」
「花しすって、素敵な名前ね。」
「おえ、おえええええ。」
お
あ
にゃ
「池ちゃんは本当に優しい。」
「笑ってくれて、ありがとぉ。」
「池井戸さんを見ていると、なごむ。」
「うち、結婚したいねん。」
花しすは、やっとまばたきをした。腰がふわふわと定まらなかったが、椅子に座りなおすと、少し落ち着いた。手や肩が、ぶるぶると震えていたが、その震えは、花しす自身の力では、抑えることが出来なかった。

1994年　8月26日

朝から、お腹が痛いな、と、思っていた。

腹痛が起こることは、たまにあったが、トイレに行くと、大体治った。でも、今回の腹痛は、いつものそれとは、違っているように思った。いつもの痛みが、鋭角に刺すような痛みなら、今回のものは、平たくて重いものを、ぎゅう、と、お腹に押し当てられているような感じだ。

花しすはそれが、すぐに、初潮であることに、気づかなかった。

四年生の終わりに、女子生徒だけ体育館に集められ、一連のことは教えてもらっていた。それが平均して、10歳から15歳の間に始まるということも、知ってはいた。だが、それが自分に起こることとして、きちんと把握することは出来なかった。花しすは太っていたが、胸は小さかったし、女性的というよりは、若い力士のような体型をしていた。鏡を見るとき、自分でも、いかにも「子どもの体だ」と思ったものだったから、生理から意識が遠ざかるのは、だから、尚のことだった。

だが、トイレに行ったとき、花しすは下着についた、薄いが、確実に赤い染みを見て、咄嗟に、「しょちょうだ」と思った。「それ」が自分にきたのだ、と。

先生は、「それ」が始まると、「大人の女性として、赤ちゃんを産む準備が始まったということ」なのだと言った。だが当然、まだほとんど子どもの花しすには、そんな実感はなかった。ただ、怖いような、恥ずかしいような、なんともいえない感情がこみあげてきた。このことが、喜ぶべきことなのか、忌むべきことなのかも、分からなかった。

花しすは、トイレットペーパーを大量に取り、下着にはさんだ。もぞもぞとして落ち着かなかったが、仕方がなかった。

トイレを出た花しすは、まっすぐ、祖母の部屋へ向かった。果たしてそこに、母はいた。

母は、西日が差し込む窓のカーテンを、ひいているところだった。ちょうどケアワーカーが帰宅した後で、祖母は、背中が鬱血しないように横向きに寝かされ、花しすのほうに背中を向けていた。

「お母さん。」

花しすが呼びかけると、母は手を止めてこちらを振り返った。夏になると、いつもうんと痩せる母は、そのときも違《たが》わず、痩せていた。頬がこけ、左右に離れた目が、きらりと光った。

「どうしたん。」

「あの、多分なんやけど。」

「何？」

「なった。あの、しょちょう。」

母は、少し、息を止めたようだった。花しすにも分かった。カーテンからわずかな、本当にわずかな埃《ほこり》が舞い上がり、母は目を細めた。

「トイレで見たん？」

「うん。」

「血？」

「うん、薄いけど。」

「かしす。」

「うん。」

「おめでとう。」

おめでとう、と言われたからには、これは、喜ぶことなのだ。花しすは、うん、と、曖昧に返事をした。お腹が、やはり痛かった。

「おめでとう、て、言われるの嫌？」

母が聞いた。責めるような目ではなかった。花しすは、正直に言おうと思った。

「分からへん。」

「せやんな。お母さんも、そうやった。お赤飯とか炊かれたけど、嫌やったし、かしすも、嫌やろ？　お父さんには、言わんとくわね。」

母はそう言って、祖母を見た。

「おばあちゃん、かしすに初潮がきましたよ。」

祖母は、目をつむったままだった。あるいは、何か反応したのかもしれなかったが、花しすには、分からなかった。

「かしす、今、どうしてるん？」

「今って？」

「ナプキン、当ててるん？」

「ううん。ティッシュ。」

母は、少し笑って立ち上がり、無言で花しすに、ついてきなさい、と示した。花しすはもちろん、その通りにした。

花しすが先ほどまでいたトイレに入ると、母は、トイレの上にある棚から、茶色い麻の籠を取った。蓋《ふた》を開けると、体育館で見た白いナプキンが、綺麗に並んでいる。

「ちょっと待ってて。」

花しすは、トイレでひとり待たされたが、母はすぐに戻ってきた。手に、生理用の下着を持っている。新品だ。

「かしすも、そろそろかなぁと思って、買っておいてん。」

花しすが普段はくものとは、違っていた。大きくて、ゴムのような素材で出来ている。

「やり方分かる？」

「うん、多分。」

体育館では、女性教師が、ナプキンの使い方を説明してくれた。そして、クラスにひとつずつ、ナプキンを配ってまわさせた。女子生徒は、くすくす笑ったり、中には、汚いものを触るかのように、すぐ後ろの生徒にまわす子もいたが、花しすは、真剣に見た。血を受け止める、という劇的な役目を背負っているはずなのに、それは無機質で、随分と、素っ気ないものに見えた。

母がいなくなったトイレで、花しすが見たナプキンは、学校でまわってきたものより、少し小さいように思った。パンツを脱ぐと、トイレットペーパーに赤い血がついていた。それを捨て、新しい下着をはいた。ナプキンの裏についているシールをはがす。下半身から血が出るのは分かるのだが、それが実際、どこから出ているのかは、分からないので、花しすは適当な場所に、ナプキンを貼り付けた。

はくと、案の定、下着はお臍《へそ》まですっぽりと覆ってしまった。妙な安定感があった。

下半身に当たったナプキンの感覚が妙で、花しすは変な歩き方のまま、祖母の部屋に戻った。

母は、花しすを見て笑った。

「うぅあ。」

そのとき、祖母が、声をあげた。

あんなにおしゃべりだった祖母は、今では時折、こうやって唸るような声を出して、何かを訴えるだけだった。そして、その唸り声で、母は祖母が何を望んでいるか、大抵、分かるようだった。

「おしっこ?」

母は、ベッドの下に置いてある、綺麗に洗った尿瓶《しびん》を取り出した。花しすの目の前で、タオルケットをめくり、ちらりと、花しすを見たが、何も言わなかった。いつもは、祖母に配慮して、花しすに目で合図をするし、花しすは花しすで、すぐにその場を離れる。だが、何故かそのときは、離れがたかった。自分が初潮を迎えたことで、興奮していたのかもしれなかったし、そのことを母も、分かっているようだった。

祖母は、前開きのワンピースを着ていた。母が下半身のボタンをぶちぶちと外すと、おしめをした祖母の下半身が見えた。筋張って青白い「老人」の脚が、おしめから出ているのが、とても奇妙だった。

ここにいてもいいのか、という意味をこめて、母を見た。母は、花しすを見て、小さくうなずいた。唇の周りの産毛が、わずかに光っていた。

初めて見た大人の女性の性器は、花しすが思っていたのと、全然違った。複雑で、強い色をしていて、まるで、見たこともない、生き物のようだった。黒っぽい、びらびらとした皮膚があり、その奥に、真っ赤な肉が見える。花しすは、声も出せなかった。でも、その場を動くことは、どうしても出来なかった。

祖母の性器の周りには、黒い毛が生えていた。祖母の髪は、もう真っ白になっていたから、そのことにも、花しすは驚いた。確実に衰えてゆく祖母の体の中、性器だけは、まるっきり生き生きとして、若かった。

母は、目を見開いている花しすをちらりと見て、尿瓶を、祖母の一番複雑な部分にあてがった。しばらく待つと、やがて黄色い尿が出た。出たが、やはりいまいち、どこから出ているのかは、分からなかった。

尿は勢いよく出て、尿瓶の中で泡立った。

アンモニアの臭いがし、はねた尿のしずくが、母の手についた。母は、嫌な顔をしなかった。ただ静かに、祖母の排尿が終わるのを、待っていた。

「かしす。」

母が言った。花しすは、祖母の性器を凝視していたので、まるで祖母の性器が話をしたように思った。驚いた。

「よう見てみ。ひとりずつ違うけど、みんな一緒なんやで。」

花しすが母を見ると、また、耳たぶの産毛が見えた。金色に、細く光って、びっしり生えていて、綺麗だった。母は生きているのだ、と、花しすは思った。

花しすは母に、返事をしなかった。自分に言ったのでも祖母に言ったのでもないということが、分かったからだ。花しすは、今母は、とても個人的なことを話しているのだということが、分かったからだ。

「こんなに違うのに、みんな一緒なんよ。不思議やねぇ。」

花しすは、いつか母が言った、

「同じ、女の人やろ。」

という言葉を、思い出した。そのときは、分からなかったが、今花しすは、祖母の性器を目の前で見て、凝視して、驚くほどの深度で、その言葉を理解した。

同じ女の人だ。

複雑で、強い色をしていて、まるで見たこともない生き物のような、この性器が、母にもあり、そして、私にもあり、たった今、そこから、血が流れているのだ。いつか赤ん坊を孕む予感をたたえた赤い血が、どくどくと、流れているのだ。

花しすは決意して、母に言った。

「お母さん、うち、ここにおる。」

母の産毛はやはり綺麗で、こちらを向いた母の皮膚に根ざし、はっきりと、生きていた。そして。花しすは思った。自分もそうだ。自分も、あらゆる可能性を孕んで、今ここに、こうして、生きているのだ。

「かしす?」

「ここにおる。」

母は、少しの間、花しすを見ていたが、やがてうなずいて、部屋を去った。

「うちは、ここにおる。」

それから、祖母の尿を取るのは、花しすの仕事になった。

2011年　12月23日

レコーダーは、たくさんの「声」を、流し続けている。止まらなかった。花しすはもはや、その「声」のひとつひとつを、追うことは出来なかった。抗うのはやめて、ただ寄り添った。時々、首の付け根や心臓の裏側が、びくり、と震えるのは、何らかの「声」と、その思い出に反応しているのだろうか。花しすは椅子にもたれたまま、時々目をつむり、時々大きく見開いて、「声」を聞き続けた。そしていつしか、体の震えが止まったことに、気がついた。

自分はなんて、なんてたくさんの人と、関わってきたのだろう。

忘れてしまった人ばかりだったが、一瞬でも自分は、想像もつかない数の人と、触れ合ってきた。その出来事に濃淡はあるが、それでもその人が、その人の人生を生きているということは、ほとんど奇跡だ。

「奇跡。」

花しすは、そう、声に出した。初めて出した。

時計を見ると、もうすぐ13時になるところだった。朝比奈は来るだろうか、それとも、今起きだした頃か、来ないのか。

花しすは、朝比奈に会いたいと思った。その思いは急で、強烈だった。

朝比奈に言いたかった。辛くないですか、私の一方的な決め付けは嫌ですか、でも私は、朝比奈さんのことが好きです。朝比奈さんは、もっと幸せな恋愛をするべきです。うざいですか。むかつきますか。でも私たち、同じ女じゃないですか。

そして、さなえにも会いたかった。さなえちゃん、もっと堂々としてよ、そう言いたかった。いつだってさなえちゃんは優しくて、立派で、誰にも媚びることなんてない。何かに失敗したら、うちに言うてよ。うちに言わせてよ。喧嘩になってもええやん。だってうちら、同じ、女やろ?

画面にずっと触らなかったからか、イヴリンは消え、待機画面になっていた。薄暗くなった画面を見て、花しすはたまらなく寂しくなった。マウスを触ると、また、笑顔のイヴリンが、ぱっと、姿を現した。

まるっきり、光みたいだ、と、花しすは思った。

花しすは、いつかイヴリンの生い立ちを、その行く末を想像したことを、思い出した。

花しすがどんなに頭を使っても、想像力を駆使しても、イヴリンの人生は、体感出来なかった。会ったこともない、もしかしたら本当の名前すら知らない、どこか遠い国のイヴリンは、でも、こうやって性器を大きく花しすにさらし、どこかできっと、生きているのである。同じ、女で、そして「今」、生きているのである。

花しすは、じわりと熱いものを感じながら、イヴリンを、そして、イヴリンの性器を見た。剃毛していても、それはイヴリンそのものだった。この部分を使って、イヴリンは、生きているのだ。ああ、私は。

「な、大丈夫やろ。」

イヴリンが、そう話したように思った。画面をじっと、見つめていたからだ。

「大丈夫やろ。」

でもこの声は、イヴリンではなかった。この声は、

「だってほら。」

自分の声だった。

「あんたは、毎日見てる。」

花しすはゆっくり、瞬《まばた》きをした。そして、視線の先にちらりとかすめたものを、捉えた。

「ほら、その……。」

画面のイヴリンの性器から、白くてふわふわしたものが、滲み出ていた。

「その、白い。」

大きく瞬きをしても、出ている。椅子を後ろに下げても、出ている。白くてふわふわしたものが、出ている。

「その、白いもの。」

わずかだが、大きくなっている。まるで、性器で風船を膨らませているように、ふわふわ、大きくなっている。

「その白いものを、ずっと、ずっと、見てるやろ。」

花しすは、はっきりと思い出した。

11歳の夏休み、西日が当たる部屋で、祖母の性器を見たことを。自分に生理が始まった夏、母と同じ女になった夏に、祖母の性器から出てきた、これと同じ、まったく同じ、白いものを。

祖母の性器は、いつも花しすを初見のように驚かせた。ものすごく生々しかった。まるで、内臓そのもののようだった。

尿には慣れたが、便には、いつまで経っても慣れなかった。祖母は流動食を食べていたので、固形の便はもはや出なくなっていたが、液体状になったそれは、それでもきちんとにおい、最初の数回、花しすは吐いた。

だが慣れてくると、排便の始末をした後、すぐに夕飯を食べることが出来るようになったし、手や布団を汚さず、綺麗に始末出来るようになった。

ある日、いつものように、祖母の尿意を感じた花しすは、祖母の下半身をさらし、尿瓶をあてがった。だがその日は勘が外れたらしかった。いつまで経っても、尿瓶は静かだった。

十分に待った花しすが、もうないと尿瓶を外したとき、それは起こった。祖母の性器から、「白いもの」が、ふわりと滲み出したのだ。

すぐに、これは「得体の知れぬもの」だ、ということが、花しすには分かった。これは、祖母の病気や容態にまつわるものではない。何故ならそれは、きちんと白いが、少し透けていて、むくむくと意思があるように、大きくなっているのだ。

花しすは尿瓶を下ろし、祖母の下半身を見つめ続けた。いつの間にか祖母は、眠っていた。ずう、ずう、と、小さないびきをかいている。その度に、赤黒い性器が、呼吸しているように揺れ、そして「白いもの」は、ゆっくり、ゆっくりと、大きくなっているのだった。

「わあ。」

花しすは、声を出した。

白いものは、膨らみきると、やがてイヴリンの性器から、ぽわん、と、音を立てて離れた。かつて祖母の性器から、同じように離れた白いもの。花しすはあのときも、今と同じような気持ちになったのだった。

不思議に甘やかな、あたためられた胎児のような、その時代を記憶していないことは分かっていても、でもきちんと、その気持ちに寄り添えるような。

白いものは宙にふわふわと浮いて、天井まで行くと、ぱちん、と弾《はじ》けた。そして、小さな粒になった。粒は、それ自体で成長を始め、どんどん大きくなり、やがて、元の白いふわふわほどの大きさになって、ゆっくり、降ってきた。

「わああ。」

祖母の部屋が、事務所の中が、白いもので、いっぱいになった。

本棚の上、ベッドの上、ドアノブ、畳のへり、パソコンのキーボードの上、尿瓶の隣、沢井のスリッパ、祖母の足元、黒川のデスク。

そこいらじゅうが、白いものに、占領された。それらは、ふわふわしているくせに、どこか重量感もあって、かといって捕まえようとすると、するりと、すり抜けてしまうのだった。

まるで、花しす目指して、しんしんと降ってくる、雪のようだった。そして、それを見ていると、11歳の、28歳の花しすは、はっきりと、安心しているのだった。

11歳の花しすは、畳に腰を下ろした。祖母におしめをはかせ、布団をかけた。そしてしばらく、そこにいた。自分の体の中に、未来を孕んだたくさんの「何か」の存在を感じ、その声に、耳を澄ましていた。

28歳の花しすは、椅子にもたれた。ぎゅいとしなる、古い椅子に。11歳の花しすには分からなかったことが、今の花しすには分かるような気がした。いや、もしかしたら、11歳の花しすのほうが、それをきちんと、体感していたのかもしれなかった。

自分は、母の子どもだ。

そして皆、誰かの子どもだ。

花しすは、畳に、爪《つめ》を立てる。力を入れた爪は白くなり、そこに速やかに、白いものが降りてくる。花しすが息をふう、と吐くと、その息の行く末を見守り、白いものは、花しすのそばに、ずっといる。その日から、急に痩せ始めた花しすのそばに、ずっと。

「それを見ている。」

「あんたは、それを毎日見ている。」

花しすは、改めて、事務所を見回す。

DVDが並んだ棚、写真集や資料が並んだ棚、黒川が綺麗に掃除をしている、小さなキッチン。窓ガラスの中には針金の格子が通っていて、床はグレーの汚れたカーペット、急いで出て行ったのか、沢井のふわふわスリッパが、ひっくり返った状態で、床に投げ出されている。そして壁には、ふざけた社訓。

『あかるく
ふまんをもたない
あつりょくにまけない
しゅしょうなきもちで　』

花しすは、やはり、そこに発見する。今まで様々な「降る」ものを見つけてきた。今も見つけた。花しすは笑った。

『あかる　く
ふ　まんをもたない
あつりょ　く　にまけない
しゅ　しょうなきもちで　』

花しすは目を、ぎゅっと細める。自分のやっていることに、笑いがこみあげてくる。でもそれはきっと、真実なのだ。

ふ

く

く

しゅ

私たちは、祝福されている。

誰かの子どもとして産まれて、いろんな人に出会って、いろんな経験をして、それを簡単に忘れ、手放し、それでも私たちは、祝福されているのだ。

花しすは、わずかに震える手を、少し前に伸ばした。イヴリンは歪み、祖母は滲んだ。でも、間違いなく、そこにあった。そこにあって、次々と、白いものを産み続けていた。

花しすはゴミ箱に入っていたレコーダーを、手にした。

それは今、やっと静かになった。たくさんの人の声を流し、流し続けて、でもやっと、役目を終えた。

自分は生きている。

何かを忘れ、何かに忘れられ、誰かを傷つけ、それが自分の責任であって、そして誰かに傷つけられ、そのことで誰かを恨むことになっても、自分は今、それらたくさんの「今」の先端で、生きている。それだけで、祝福されている。

花しすは、小さく息を吸ってから、レコーダーを、強く握り締めた。窓辺に移動し、窓を開けた。開ける前から、もう、予感はしていた。

果たして外では、雪が、本物の雪が、降っていた。クリスマスイブには1日早い今日、雪は、恋人たちのためでなく、皆のために、ひとりひとりのために、降っていた。

花しすは、たちまち頰を撫でる冷気を、気持ち良く思いながら、そっと手を伸ばした。そして、強く握っていた手を、ゆっくりと離した。

レコーダーは、雪が舞う中、黒い軌跡を描いて、落ちていった。三階の事務所から、まっすぐ、落ちていった。花しすは、レコーダーの行方を、最後まで追わなかった。

窓を開けたまま、椅子に戻り、しばらく、息を潜めていた。

階段を、誰かが上がってくる音がする。とうとう朝比奈が、やって来たのだろうか。でもそれは、朝比奈ではないのかもしれない。忘れ物に気づいた沢井かもしれず、気を利かせて手伝いにやって来た黒川かもしれず、そして、どこかの、新田人生であるのかも、しれなかった。

花しすは、じっと、耳を澄ました。

白くてふわふわした祝福に囲まれて、畳の上に座って、そして、イヴリンを、イヴリンの性器を、祖母の性器を見つめながら、花しすは足音が近づいて来るのを、いつまでも、待った。

あとがき

この作品を書いている間、私はとてもふわふわしていた。浮足立っていたとか、心ここにあらず、というような意味のふわふわではなく、なんだろう、タイトルのように、ふってきた何かを必死で受け取っているような、そんな執筆期間だった。

そもそも始まりからしてふわふわしていた。自分が今まで書いてきた作品は大抵そうだったけれど、まずイメージがあった。そのことについて、私は2012年のエッセイにこう書いている。

数年前、なんとなく書きたいなぁ、と、ぼんやり思っていた「かたまり」のようなものがあった。たくさんの人がいて、それぞれのことをしているけれど、それを貫く、光のようなものがある。いや、光ほど儚くも輝いてもおらず、何か名づけようとすると、するりとすり抜けてしまう、何かしらの「もの」。それは私の脳内では必ず白くって、ふわふわとしている。タクシーに乗ったら後部座席に、海に行ったら波のはざまに、それはあって、必ず私たちから離れてゆかない。そういうものを書きたかった。

つまり、「それ」が何かを、ちっとも説明出来なかった。ただ書きたいという想いだけがあった。

その頃、仏教の本を立て続けに読んだ。

全部が自分であり、自分は全部の一部に過ぎない、という、ミクロとマクロを同時に見せてくれる仏教なりの「この世界」の解釈が、私の思っていた「白いもの」に、淡い輪郭を与えてくれた。あ、と思った。でも、それでもまだ書けなくて、もじもじしていて、あるときもうひとつ重要な要素を思い出した。それが女性器だった。

自分のものなのにどうも摑《つか》めないようなその存在を、なんとなく心細く、でも頼もしく思っているようなところがいつもあって、きっとその「感覚」が、「白いもの」と呼応したのだと思う。それらが、私の背中をやっと押してくれた。

とはいえ、書くのは手探りだった。そもそも私の執筆スタイルは正確な地図に基づいておらず、ある一文を書いて生まれた次の一文を辿《たど》って、というような、大変心もとなシやり方なのだけど、「ふる」に関してはその最たるものだった。

花《か》しすちゃんは何を思っているのだろう？

新田人生たちは何を知らせようとしてくれているのだろう？

自分で書いておいて分からなかったり、驚かされることばかりだった。書く、というより描く、ことに近かった。イメージ、イメージ、イメージを、なんとか受け止めて言葉にしていった。ずいぶん乱暴なやり方だったけれど、必死だった。今思うと、担当編集の坂上さんは、よく私を信頼してくださったなと思う。本当に感謝している。


今回改めて「ふる」を読み返してみて、私は「いのち」のことを書きたかったのだなと思った。全部であり、全部の一部に過ぎない「いのち」を、「いのち」の予感を孕《はら》んだ女性器と寄り添わせて書きたかったのだと。

そういえば歩いているとき、お酒を飲んでいるとき、朝目覚めたとき、時々泣き出しそうになることがあったのだ（今もそうだ）。でもそれは感動しているとか嬉《うれ》しいとか悲しいとか、どうにも名づけられない感情で、しいて言うなら、圧倒されているのだった。

私はいつも「いのち」に圧倒されている。

だから「ふる」という作品は、私が「いのち」の方へ手を伸ばしている、その格闘の軌跡だ。絵筆の跡が見えるようなやり方で描いていて、もちろん恥ずかしくもあるのだけど、その全力を受け止めてくださったなら、本当に、本当に、本当に嬉しいです。

また描きたいなぁ。

「いのちのこと」を、また描きたい。一瞬でもそう思った私の頭の中に、またイメージ、イメージ、イメージが舞い降りてきている。ものすごく手ごわそうだけど、今度は書ける、ようになるのだろうか。

2015年9月14日

西加奈子

本書は、二〇一二年一二月に小社より刊行されました。

ふる

二〇一五年一一月二〇日　初版発行
二〇一五年一二月二九日　5刷発行

著　者　西加奈子《にしかなこ》
発行者　小野寺優
発行所　株式会社河出書房新社
〒一五一－〇〇五一
東京都渋谷区千駄ヶ谷二－三二－二
電話〇三－三四〇四－八六一一（編集）
〇三－三四〇四－一二〇一（営業）
http://www.kawade.co.jp/

ロゴ・表紙デザイン　粟津潔
本文フォーマット　佐々木暁
本文組版　有限会社中央制作社
印刷・製本　中央精版印刷株式会社

落丁本・乱丁本はおとりかえいたします。

本書のコピー、スキャン、デジタル化等の無断複製は著作権法上での例外を除き禁じられています。本書を代行業者等の第三者に依頼してスキャンやデジタル化することは、いかなる場合も著作権法違反となります。

Printed in Japan　ISBN978-4-309-41412-6

ひとり日和

青山七恵　41006-7

二十歳の知寿が居候することになったのは、七十一歳の吟子さんの家。奇妙な同居生活の中、知寿はキオスクで働き、恋をし、吟子さんの恋にあてられ、成長していく。選考委員絶賛の第百三十六回芥川賞受賞作！

野ブタ。をプロデュース

白岩玄　40927-6

舞台は教室。プロデューサーは俺。イジメられっ子は、人気者になれるのか?!　テレビドラマでも話題になった、あの学校青春小説を文庫化。六十八万部の大ベストセラーの第四十一回文藝賞受賞作。

夏休み

中村航　40801-9

吉田くんの家出がきっかけで訪れた二組のカップルの危機。僕らのひと夏の旅が辿り着いた場所は――キュートで爽やか、じんわり心にしみる物語。『100回泣くこと』の著者による超人気作。

掏摸《スリ》

中村文則　41210-8

天才スリ師に課せられた、あまりに不条理な仕事……失敗すれば、お前を殺す。逃げれば、お前が親しくしている女と子供を殺す。綾野剛氏絶賛！大江賞を受賞し各国で翻訳されたベストセラーが文庫化。

人のセックスを笑うな

山崎ナオコーラ　40814-9

十九歳のオレと三十九歳のユリ。恋とも愛ともつかぬいとしさが、オレを駆り立てた――「思わず嫉妬したくなる程の才能」と選考委員に絶賛された、せつなさ百パーセントの恋愛小説。第四十一回文藝賞受賞作。映画化。

夢を与える

綿矢りさ　41178-1

その時、私の人生が崩れていく爆音が聞こえた――チャイルドモデルだった美しい少女・夕子。彼女は、母の念願通り大手事務所に入り、ついにブレイクするのだが。夕子の栄光と失墜の果てを描く初の長編。

著訳者名の後の数字はISBNコードです。頭に「978-4-309」を付け、お近くの書店にてご注文下さい。